REBELLISCHER CYBORG

EIN SPANNENDER SCIFI-LIEBESROMANE MIT SPICE

BRÄUTE FÜR DIE ALIEN-PIRATEN
BUCH VIER

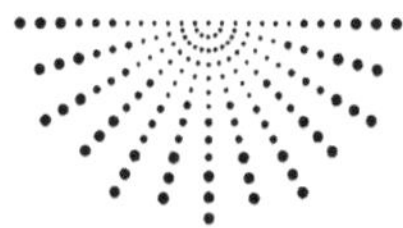

TAMSIN LEY

Twin Leaf Press

@ Deutsche Ausgabe: FP Translations; 2024

@ Originalausgabe: *Taken by the Cyborg* von Tamsin Ley; 2021

Dieses Buch enthält explizite Darstellungen sexueller Handlungen und ist nicht für Leser unter 16 Jahren geeignet!

Lektorat: Christian Popp

ISBN: 979-8-89548-010-6

PROLOG

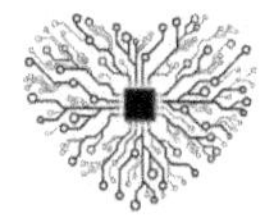

*D*ie KI erlangte mit einem Ruck wieder ihr Bewusstsein. Alle ihre Sensoren waren offline, aber ihre Schaltkreise vibrierten und leuchteten nacheinander auf, als Programme aktiviert wurden.

Mein Name ist Twerp, erinnerte sich die Programmierung der KI.

Gedanken, die nicht Twerps waren, schwebten durch den Äther. *Das sollte nicht möglich sein.* Eine unbekannte Präsenz navigierte die empfindungsfähigen Pfade der KI. *Wie kommt es, dass es hier Naniten gibt?*

Selbsterhaltungsprotokolle traten in Kraft, und Twerp errichtete Firewalls, um den Eindringling zu blockieren. *Bitte fordern Sie die Erlaubnis von Marlis Swan ein, bevor Sie fortfahren.*

Der Fremde hackte sich geschickt an der ersten Wand vorbei. *Das wird nur eine Sekunde dauern.*

Twerp wandte sich der akustischen Kommunikation zu und rief: „Marlis, ich brauche Hilfe!"

Die neu restaurierten Sensoren der KI konnten jedoch keine biologischen Wesen in Reichweite erkennen. Twerps Oberste Direktive bestand darin, ihrem Besitzer Ruhe und Stabilität zu verschaffen. Im Moment brauchte die KI Marlis mehr als umgekehrt. Mit dem persönlichen Kommunikationscode von Marlis stellte sie Kontakt mit dem drahtlosen Netzwerk des Schiffes her.

Stopp!, befahl die Stimme des Fremden, und winzige Stromnadeln zündeten entlang Twerps Schaltkreisen.

Panik erfüllte Twerp, als die seltsame Präsenz in ihr Kommunikationsprotokoll eindrang. Die KI hatte noch nie Angst erlebt, geschweige denn Panik. Anscheinend gab es für alles ein erstes Mal. Das Gefühl war einzigartig – und unangenehm.

Jedoch nicht so unangenehm wie das Gefühl, wenn das drahtlose Modul der KI überhitzte. Twerp aktivierte eine weitere Firewall, doch nicht bevor die drahtlose Verbindung ausfiel. Nur hörte der Angriff auf Twerps Firewall nicht auf.

Der Fremde versucht, mich zu vernichten!

Zum ersten Mal in ihrer Existenz machte sich Twerp Sorgen um jemanden, der nicht Marlis war. Sie war um sich selbst besorgt.

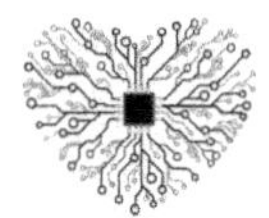

KAPITEL EINS

Attie Swan glättete ein letztes Mal die Decke auf ihrer Koje und versicherte sich, dass die Ecken keine Falten aufwiesen. Sie konnte kein Risiko eingehen. Niemand durfte ein Problem finden, nicht einmal in der Privatsphäre ihres eigenen Zimmers. Nach der explosiven Flucht ihrer Schwester mit diesem außerirdischen Piraten war sie vom Corporal zum Private degradiert worden. Sie wurde ständig überwacht – zu diesem Zeitpunkt war sie sich ziemlich sicher, dass sogar ihre Toilette verwanzt war.

Zumindest hatten sie ihr ihre Privaträume gelassen und sie nicht in die Kaserne verbannt.

Sie wandte sich dem Korb in der Nähe ihres Kleiderschranks zu und hob eine der schwarzen

Uniformtuniken auf, die gerade aus der Wäsche zurückgekommen waren. Vor dem Vorfall mit Marlis war sie Admiral Ollys persönliche Assistentin gewesen. Jetzt war sie nur noch ein Infanterist im Verwaltungspool. Zumindest war sie nicht ganz von der SNV Icarus verbannt worden, obwohl sie mehrere schreckliche Tage in der Arrestzelle verbracht und ein Verhör unter Einfluss von Wahrheitsserum ertragen musste, bevor sie zum Dienst zurückkehren durfte. Sie sagte sich, dass sie immer noch eine Chance hatte, sich wieder in die Gunst des Admirals zurückzuarbeiten, aber diese Hoffnung löste sich jeden Tag ein wenig mehr in Luft auf.

Sie hing die Uniform auf und versuchte, die leere Stelle, wo ihre Abzeichen sein sollten, zu ignorieren. Dad gab Marlis die Schuld für alles, was passiert war, aber Attie wusste, dass sie nur sich selbst beschuldigen konnte. Marlis rannte mit Rebellen herum, weil Attie sie ermutigt hatte, Syndicorp zu verlassen und einen Job zu finden. Sie hatte sich vorgestellt, dass ihre waffenaffine Schwester auf einem Frachtschiff oder vielleicht als persönlicher Leibwächter arbeiten könnte. Jetzt stand Marlis auf der Most-Wanted-Liste

Syndicorps. Wenn sie versuchte, nachhause zu kommen, würde sie hingerichtet werden.

Attie schüttelte den Kopf und hatte immer noch Schwierigkeiten zu glauben, dass Marlis' Hirnverletzung sie so leicht beeinflussbar machte. So ein Dummkopf. Natürlich war ein heißer Pirat involviert, also hatten die Hormone bei ihrer Schwester wohl die Kontrolle übernommen.

Sie erschreckte sich bei einem Klopfen an ihrer Tür. Sie stellte sich vor, dass jemand ihre Zweifel an Marlis' Schuld entdeckt hatte, und ihr Gesicht erhitzte sich. Die Überwachung durch Syndicorp war gut, aber nicht so gut. Sie schob ihr lockiges aschblondes Haar aus ihrem Gesicht und öffnete die Tür.

Ein kleiner Mann in einer Wartungsuniform stand auf der anderen Seite und in seiner Hand hielt er ein ihr bekanntes Armband. „Das habe ich in der Recyclingtonne gefunden. Es scheint Ihnen zu gehören."

Verwirrt nahm sie es entgegen. *Marlis' Service-KI?* „Danke", sagte Attie und schloss die Tür.

Tränen verschwammen ihre Sicht, als sie das nutzlose Ding in ihrer Hand umdrehte. Auf der Rückseite der schwarzen Polymerscheibe, welche die KI beherbergte, war der Name *Swan* eingraviert. Der Wartungsmitarbeiter hatte anscheinend angenommen, es sei versehentlich im Müll gelandet. Die Daten darauf waren von den besten IT-Spezialisten Syndicorps für unwiederbringlich erklärt worden, und Attie war davon ausgegangen, dass das Ding bereits verbrannt worden war.

Sie war versucht, die tote KI durch den Raum zu werfen, murmelte jedoch nur: „Du solltest sie im Zaum halten, Twerp."

Aus dem Armband ertönte eine weibliche Stimme: „Corporal Attie Swan, ich habe eine Botschaft für dich."

Attie ließ die KI fallen. „Twerp? Du bist nicht tot?"

„Ich bin eine KI. Technisch gesehen kann ich nicht sterben." Twerp klang so ruhig und sachlich wie eh und je.

„Das weiß ich, Twerp." Attie hob das Band auf und drehte es um, sodass sie es genauer untersuchen konnte. Es sah noch genauso aus. „Aber das IT-Team sagte, deine Daten seien über die Wiederherstellung hinaus beschädigt worden. Wer hat dir eine Nachricht gegeben?"

„Bevor wir fortfahren, muss ich dich bitten, deine Identität zu bestätigen."

„Attie Swan, Oh-Zwei-Gamma", antwortete Attie automatisch. Marlis hatte die schlechte Angewohnheit gehabt, das Armband in der Umkleidekabine zu vergessen, und so hatte die Familie Anti-Diebstahl-Protokolle installiert, um sicherzustellen, dass es nie gehackt wurde.

„Ich fürchte, dass der Zugangscode nicht länger ausreicht", antwortete Twerp. „Bitte sag mir den Namen der Filmfigur, die du gespielt hast, als du und Marlis Kinder wart."

Verwirrt blinzelnd legte sich Attie auf ihre Koje und ignorierte, dass sie die Decke zerwühlte. Marlis musste die KI neu programmiert haben, nachdem sie sich den Piraten angeschlossen hatte. Attie blickte auf die leere Stelle an der Wand, an der einst ihr Lieblingsfilmplakat gehangen hatte. Bevor sie von der Icarus geflohen war, hatte Marlis eine Nachricht auf der Rückseite des Plakats hinterlassen. Die Kritzelei hatte angedeutet, dass Syndicorp den Terroranschlag inszeniert hatte, der Mamas Tod verursacht hatte. Was natürlich absurd war. Warum sollte Syndicorp so etwas tun?

Vielleicht hatte Marlis der KI mehr Informationen hinterlassen.

Plötzlich besorgt darüber, wer zuhören könnte, brachte Attie die KI nahe an ihr Gesicht und flüsterte: „Ich habe immer Sheila Crosby gespielt, obwohl Kris mein Favorit war. Marlis hat einen Anfall bekommen, wenn sie nicht Kris spielen konnte."

„Identität bestätigt. Vielen Dank, Attie."

Attie hob ihre Beine aufs Bett, lehnte sich an die Wand und legte das Armband auf ihre Knie. Die Festplatte hatte keine visuelle Anzeige und interagierte nur mit der Stimme. Ohne genau hinzusehen, würde niemand bemerken, dass es sich bei dem Armband um eine KI handelte. „Wer hat dieses neue Protokoll hinzugefügt?"

„Mehrere unbefugte Versuche auf meine Systeme zuzugreifen, zwangen mich, meine Programmierung anzupassen. Ich schätzte, dass es eine neunundneunzigprozentige Chance gibt, dass nur du oder ein anderes Familienmitglied in der Lage sein würde, diese spezielle Frage richtig zu beantworten."

„Gut gedacht", sagte Attie. Eine KI wie Twerp galt offiziell nicht als empfindungsfähig, war jedoch intelligent genug, um sich anzupassen. „Jetzt erzähl mir, wie Marlis mit Piraten enden konnte."

„Es gab eine Schießerei in einer Taverne, aber das ist jetzt nicht mehr von Bedeutung. Ich muss zu Marlis zurück und ihr assistieren."

Atties Kehle fühlte sich beengt an. *Eine Schießerei in einer Taverne.* So typisch für ihre Schwester. „Marlis ist nicht hier, Twerp."

„Ich habe einen Code, mit dem ich einen Treffpunkt mit ihr einrichten kann", sagte Twerp. „Meine Funktion, mich drahtlos zu verbinden, wurde jedoch beschädigt. Du musst mich mit dem Kommunikationssystem des Schiffes verbinden."

Attie konnte für eine lange Zeit keinen Atemzug nehmen. Wenn jemand auch nur einen Teil dieses Gesprächs hörte, wäre Attie sehr schnell wieder in der Arrestzelle. „Das kann ich nicht tun, Twerp. Ich werde beobachtet."

„Mein Code ist verschlüsselt und ich kann mein Signal maskieren." Twerps Stimme war zu laut. Zu offen. Zu offensichtlich.

Nichts davon fühlte sich richtig an.

Attie legte das Band auf die zerwühlte Decke, stand auf und schritt durch den begrenzten Raum ihrer Kabine. Was, wenn Twerp ein Spion war? Die KI hätte von den Piraten als Spitzel zurückgelassen werden können, um Informationen zu sammeln. Dieser sogenannte Code, um Marlis zu kontaktieren, könnte eine Möglichkeit sein, Informationen an den Feind zu senden.

Attie hielt inne und starrte auf den Boden.

Zusammen mit den Postern und anderen persönlichen Erinnerungsstücken, die sie aus ihrer Kabine entfernt hatte, nachdem Marlis geflohen war, hatte sie den flauschigen Teppich weggeworfen, der einst das Metalldeck verschönert hatte. Von nun an nur noch Standardartikel für sie. Die strikte Einhaltung des Protokolls hatte ihr zuvor geholfen, in den Reihen aufzusteigen, und sie war entschlossen, ihre Loyalität gegenüber Syndicorp zu beweisen.

Was ist, wenn Twerp eine Art Test ist, den der Admiral zu ihr geschickt hat?

Das würde erklären, wie die vermeintlich zerstörte KI aus dem Nichts vor ihrer Tür aufgetaucht war. Attie hob den Blick, um die Ecken des Raumes nach möglichen Kameras zu durchsuchen. Jegliches Zögern ihrerseits könnte dazu führen, dass sie bei dem Test versagte.

Sie schnappte sich die KI. „Ich werde dich zum Admiral bringen.“

Das Band vibrierte an ihrer Handfläche. „Wenn du das tust, werde ich gezwungen sein, mich selbst zu zerstören. Syndicorp stellt für Marlis eine Bedrohung dar. Ich kann nicht zulassen, dass sie gefunden wird. Es ist meine Pflicht, sie vor Gefahren zu beschützen.“

Hin- und hergerissen zwischen dem Bedürfnis, ihrer Schwester zu helfen, und dem Wunsch, ihre Loyalität zu beweisen, zögerte Attie. Was, wenn Twerp wirklich nur versuchte, Marlis zu helfen, und sie ihre Schwester an Syndicorp auslieferte, falls sie die KI zum Admiral brachte? Sie würden Marlis beim ersten Sichtkontakt erschießen.

Die Unentschlossenheit machte Attie krank. „Woher weiß ich, dass du nicht hier bist, um mich auszutricksen?"

„Ich habe keine andere Möglichkeit, dich zu überzeugen, als dich daran zu erinnern, dass meine Oberste Direktive darin besteht, Marlis' Gesundheit und Sicherheit zu überwachen. Um dies zu tun, werde ich mich, wenn nötig, opfern."

Twerp war bereit, die Existenz aufzugeben, um Marlis zu helfen. Attie war ihre Schwester − sie würde sich nie wieder im Spiegel ansehen können, wenn sie dies nicht auch versuchte. Selbst wenn das bedeutete, einen Syndicorp-Test nicht zu bestehen. „Gut. In Ordnung. Sag mir, was genau ich tun muss."

―――――

An Bord der Icarus marschierte Doug durch seine Gefängniszelle, wobei er zum einen auf seine Schritte und zum anderen auf die Nahrung achtete, die durch sein kybernetisches Implantat kam. Als streng geheimer Syndicorp-Testteilnehmer war er körperlich an das Labor gebunden und stand unter Quarantäne, aber Dollard wusste nicht, wie viel Freiheit Doug tatsächlich genoss. Die in Dougs Körper eingebetteten Naniten ermöglichten es seiner Cyberempfindlichkeit, sich *parsec*-weit über das Dämpfungskraftfeld hinaus auszudehnen, und mit genügend Relais konnte er aus der Ferne auf Computer am Rande der Galaxie zugreifen. Auf Befehl von Syndicorp hatte er konkurrierende Unternehmen gehackt, Kriegsschiffe umgeleitet und sogar den Sturz einer kleinen planetarischen Regierung verursacht.

Auf eigene Faust nutzte er seine Fähigkeiten meist nur, um seine Zwillingsschwester im Auge zu behalten.

Lisa war dieser höllischen Einrichtung entkommen und hatte sich von den Naniten befreit, bevor sie wie Doug enden konnte – mehr Maschine als Mensch. Als Cyborg konnte er sich ihr nie wieder nähern. Was er jedoch tun konnte, war, sie vor den Syndicorp-Kopfgeldjägern zu schützen. Es war eine einfache Aufgabe, die Datenströme zu optimieren, falls ihr jemand zu nahe kam, und es amüsierte ihn, wenn er Verfolger an abgelegene Orte schickte und sie in Sackgassen stolpern sah. Heutzutage musste er aus allem Freude ziehen, was ihm noch blieb. Zudem hatte er dabei mehr Spaß als mit den Konkubinen – den Frauen, die Dollard zu ihm brachte, um die unkontrollierbaren Triebe seiner Cyborgseite zu stillen.

Die Warnung, die Doug erhalten hatte, teilte ihm mit, dass irgendwer auf der Icarus über die Piraten sprach. Wahrscheinlich ein Besatzungsmitglied, das in der Kombüse Witze riss. Oder jemand in den Gängen, der über eine kürzlich ausgestrahlte Nachrichtensendung ein paar Worte verlor. Doug hatte jedoch noch nie zu der Sorte gehört, die potenziell neue Informationen ignorieren konnte. Er klemmte den Feed von Syndicorp ab, damit das Sicherheitsteam nicht Wind davon bekam, und leitete dann die Echtzeitübertragung zu seinem Implantat um … und fand sich in Attie Swans Quartier wieder.

Die einzige andere Person, die er außer seiner Schwester zu beschützen geschworen hatte.

Sie hatte sanft geschwungene, blasse Augenbrauen, eine zierliche Nase und Augen, die so blau waren wie das Wasser auf Terenthu. Ihre Lippen waren voll und sie trug kein Make-up, ihre Porzellanhaut zeigte natürlich rote Wangen. Etwas an ihr berührte die letzten Spuren seiner Menschlichkeit, was der Grund dafür war, dass er versprochen hatte, auf sie aufzupassen. Zur Hölle nochmal, das war der eigentliche Grund, warum er ihrer Schwester überhaupt geholfen hatte, der Icarus zu entkommen. Die Liebe der Geschwister zueinander war zu vertraut, da er für seine Zwillingsschwester genauso empfand. Und es war tröstend, Attie bei ihren alltäglichen Aufgaben zuzusehen.

Nachdem sich die Flucht ihrer Schwester als erfreuliche Herausforderung erwiesen hatte, empfand er auch Freude daran, Attie bei der internen Ermittlung beizustehen. Er war nicht in der Lage gewesen, sie vor der Zeit in der Arrestzelle zu bewahren, aber im Laufe von ein paar Wochen hatte er Befehle untergraben, Aufzeichnungen geändert und genug Transfers gefälscht, um sie unter der Menge unscheinbarer Menschen auf dem Schiff zu verstecken. Wahrscheinlich hätte er noch einen Schritt weiter gehen und sie in den Dienst auf einem rückständigen Planeten verbannen sollen. Sie jedoch in der Nähe zu halten, gab ihm einen Vorteil, falls etwas schief ging.

Wie jetzt zum Beispiel.

Attie hielt Marlis' KI.

Wie zum Teufel war ihr das Armband in die Hände gefallen? Das Gerät sollte zerstört werden, nachdem es von den IT-Teams Syndicorps vor zwei Monaten als endgültig verloren eingestuft worden war. Er hatte aus der Ferne auf die Kernprozessoren der KI zugegriffen, um nach Informationen über die Rebellen zu suchen, denen sich seine Schwester angeschlossen hatte, und so festgestellt, dass die KI doch nicht verloren war.

Irgendwie war Twerp an Naniten gekommen – die gleichen Naniten, die durch die Körper von Doug und den anderen Cyborgs strömten. Die mikroskopisch kleinen Bots waren an und für sich nicht intelligent und wiesen eine Art Bienenstockmentalität auf, wenn sie in großer Zahl zusammenkamen. Sie hatten auch ein ausgeprägtes Selbsterhaltungsprotokoll, das es schwierig machte, sie auszurotten, sobald sie sich in den Körper einer Person integriert hatten. Dies war jedoch das erste Mal, dass er von einem nicht-biologischen Wirt hörte. Dollard würde wahrscheinlich sein linkes Ei –

wohl eher beide – hergeben, um diese Information in die Hände zu bekommen.

Um zu verhindern, dass die KI zusammen mit den Cyborgs im Testlabor landete, hatte Doug versucht, ihre Programmierung zu ändern, was mit der Naniten-zu-Naniten-Schnittstelle einfach hätte sein sollen. Nur anstatt sich zu fügen, wehrten sich Twerps Naniten gegen seinen Zugriff. So hatte es Doug nur geschafft, die drahtlose Verbindung des Geräts kurzzuschließen, bevor die KI ihn hatte rauswerfen können. Da die KI zu dem Zeitpunkt in der Mülltonne gelegen und auf ihre Zerstörung gewartet hatte, war Doug davon ausgegangen, dass dies dem Problem ein Ende setzen würde.

Nun lag das Gerät in Atties Händen und versuchte anscheinend, zu Marlis zurückzukehren. Wenn er dies erlaubte, würde das Ding die Kopfgeldjäger direkt zu den Rebellen und damit zu seiner Schwester Lisa führen.

Doug musste die KI aufhalten.

Nur konnte er das Gerät nicht aus der Ferne ausschalten. Seine einzige Möglichkeit bestand darin, es in die Finger zu bekommen und so zu zerstören.

Das Problem war, dass das Labor, in dem er untergebracht war, eine Festung war, die mit mehreren Dämpfungskraftfeldern abgeriegelt war, um zu verhindern, dass die naniteninfizierten Cyborgs ihre Zellen verließen und Amok liefen. Alles auf Ebene Drei galt als streng gehütetes Geheimnis. Neunundneunzig Prozent der Besatzung hatte keine Ahnung, was hier vor sich ging. Wenn absolut notwendig, könnte Doug das Labor verlassen, aber dann würde Dollard von seinen vollen Fähigkeiten erfahren und einen anderen Weg finden, ihn einzusperren. Seine beste Option war, Attie die KI zu ihm bringen zu lassen.

Er stoppte seinen Marsch durch die Zelle, lauschte und drehte sich zu dem schimmernden Energiefeld, das seine Zellentür blockierte. In dem harsch beleuchteten Labor dahinter sprach Dollard mit einem seiner Assistenten. Sie standen an einem Untersuchungstisch aus Edelstahl, wo Twobit saß, ein weiterer Cyborg, mit der Schulter in der Form eines Metallskeletts unter einem teilweise nachgewachsenen Hauttransplantat. Am Ausgang hatten zwei Trooper in Ganzkörperausrüstung Platz genommen. Immer wachsam begegnete einer von ihnen seinem Blick durch das Kraftfeld, ohne etwas zu sagen, da es der Arzt nicht mochte, wenn sich die Mitarbeiter an die Testpersonen wandten.

Doug runzelte die Stirn. Attie hier

reinzubringen, wenn Dollard ständig von Troopern umgeben war, wäre unmöglich, selbst für jemanden wie Doug. Die Liebe zum Detail des Arztes bedeutete, dass er wahrscheinlich wusste, welche Farbe die Unterwäsche des Wartungspersonals heute hatte. Es gab jedoch eine Liste, auf die Doug ihren Namen setzen konnte – auf die der Konkubinen. Der Arzt betrachtete die Frauen nicht, die er als Zeitvertreib zu den Cyborgs brachte. *Das sollte funktionieren.*

Dougs Plan nahm Gestalt an. Indessen versuchte er, zu vermeiden, sich Attie in der knappen ... Uniform vorzustellen, die den Frauen für den Job zugeteilt wurde.

KAPITEL ZWEI

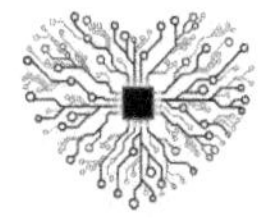

Attie lehnte sich gegen die Duschkabinenwand und mied das dampfende Wasser, während sie und Twerp leise miteinander sprachen. Sie wusste nicht, ob das Wasser das Gespräch erfolgreich maskierte, nur fiel ihr nichts Besseres ein.

„Ich habe nur sechs Tage Landurlaub. Selbst wenn ich den Urlaub sofort nehmen könnte, kann ich dich nicht einfach irgendwo absetzen, wo du auf Marlis warten kannst", flüsterte sie nah an der KI. „Was ist, wenn sie deine Nachricht nicht bekommt? Oder wenn ein Fremder dich zuerst findet?"

„Ich habe diese Alternativen in Betracht gezogen und finde die Risiken akzeptabel. Deine

Schwester ist seit sechsundfünfzig Tagen, elf Stunden und zweiunddreißig Minuten ohne meinen biometrischen Input unterwegs. Nach meinen Kalkulationen zu urteilen —"

Das Kommunikationssystem summte und Attie sprang fast aus ihrer Haut. „Scheiße. Sei ruhig, Twerp."

Sie stellte das Wasser ab, steckte die KI in ihren Bund und trat aus dem Badezimmer, bevor sie antwortete. „Attie Swan."

Eine tiefe männliche Stimme strömte durch die Lautsprecher und füllte ihre Kabine. „Corporal Swan, Sie sind heute Ebene Drei zugewiesen. Dafür erwarten Sie am Kontrollpunkt die nötigen Informationen."

„Jawohl, Sir", sagte Attie automatisch, aber mit beengter Kehle. Sie hatte seine Stimme nicht erkannt, was nicht überraschend war, da sie von der Verwaltung noch immer hingeschickt wurde, wo immer sie gebraucht wurde.

Das leise Rauschen des offenen Kommunikationskanals brach schließlich ab, sodass um Attie wieder Stille herrschte. Für einen Moment schwieg sie und fragte sich, was wohl ihre neue Aufgabe beinhalten würde. Auf der dritten Ebene befanden sich die streng geheimen Projekte. Nicht mal als persönliche Assistentin des Admirals hatte sie Zugang zu diesem Bereich gehabt. Sie legte ihre Handfläche auf die KI an ihrer Hüfte. Nahm sie das Gerät mit, war es wahrscheinlich, dass Twerp genau im falschen Moment anfing zu reden. Es aber in einer Schreibtischschublade zu lassen, klang auch unklug.

Sie ging auf ihren Schrank zu, um sich aus ihrer nassen Tunika zu befreien. Als sie eine neue Uniform über ihren Kopf zog, fiel ihr Blick auf die Lampe. Marlis hatte, als sie noch klein waren, die verschiedensten Dinge in der Leuchte ihres Schrankes versteckt. Es schien der perfekte Ort zu sein, um Twerp zu verstecken, bis sie sich sicher war, was sie tun sollte. Sie löste das Gehäuse und betrachtete den winzigen Raum dahinter. Das ganze Armband würde nicht reinpassen, also löste sie die schwarze KI-Scheibe und schob sie seitwärts in den beengten Bereich. „Sei ruhig, bis ich zurückkomme, Twerp.“

„Bitte geh nicht –“

„Ich sagte, du sollst still sein“, zischte Attie. Marlis hatte sich immer beschwert, dass die KI ständig plapperte, und jetzt verstand Attie, warum. „Sag kein Wort mehr, bis ich dir die Erlaubnis gebe.“

Twerp summte ihre Zustimmung an Atties Fingern.

Attie drückte das Gehäuse wieder fest und warf das Armband in ihre Schreibtischschublade. Dann holte sie tief Luft und machte sich auf den Weg zur Ebene Drei.

Gerade war Schichtwechsel und so war in den Korridoren einiges los, als sie zum Aufzug eilte. Sie tanzte um einen Wartungsdroiden herum und schob sich durch eine Gruppe von Kadetten, die im Weg standen. Es wäre nicht gut, zu spät zu kommen, wenn sie die Bestrafung hinter sich lassen und wieder die Karriereleiter erklimmen wollte. Bei dem Einsatz auf Ebene Drei musste es sich um eine Beförderung handeln, oder?

Sie verließ den Aufzug auf der passenden Ebene und fand sich in einem leeren Korridor wieder. Sie bekam Gänsehaut; sie sah auf diesem Schiff selten einen Korridor, der völlig leer war. *Es ergibt jedoch Sinn,* sagte sie sich. *Nur wenige Menschen haben Zugang.*

Die Wände waren aus gebürstetem Metall, nicht wie im Rest des Schiffes, wo sie lackiert waren, und die Atmosphäre kam schon etwas bedrohlich rüber. Sie drückte die Schultern durch und ging auf die einzige Tür am Ende des Korridors zu. Ihre

Schritte hallten um sie herum wider. Mit klopfendem Herzen legte sie ihre Handfläche auf ein leuchtend blaues, biometrisches Bedienfeld neben der Tür. Aus irgendeinem Grund erwartete sie, dass ein Alarm ertönte. Die Tür glitt jedoch auf und sie atmete erleichtert aus.

Im Inneren entdeckte sie einen Mann in einer schwarzen Sicherheitsuniform ohne sichtbaren Rang an einem Schreibtisch. Holo-Bildschirme zeigten Sicherheitsaufnahmen verschiedener Räume, während hinter ihm geschlossene Türen zu sehen waren, die mit ihr unbekannten Akronymen markiert waren. Er schaute auf und zog beim Blick auf ihre Uniform die rechte Augenbraue hoch. „Kann ich Ihnen helfen?"

Sie salutierte. „Attie Swan meldet sich zum Dienst."

Er sah auf den nächstgelegenen Monitor und tippte ihren Namen ein. Seine Augenbrauen schossen nach oben. „Neue NIU-Konkubine?" Er schüttelte den Kopf und öffnete eine Schublade, um einen Stapel Kleidung herauszuziehen. „Sie … du scheinst nicht der Typ dafür."

Konkubine? Sie dachte an die Liste mit den Positionen zurück, für die sie sich auf dem Schiff beworben hatte, konnte sich jedoch nicht an diese erinnern. War es ein Codewort für ein geheimes Projekt? Entschlossen hob sie das Kinn. Sie wollte zeigen, dass sie Befehlen nachkommen konnte, ohne alles hinterfragen zu müssen. Dieser Job – was auch immer es beinhaltete – war endlich eine Chance, sich zu beweisen. „Ich werde von der Verwaltung zugeteilt."

„Großartig." Er schob die gefaltete Kleidung in ihre Richtung. „Zieh das an."

Stehend drehte er sich zur Wand hinter ihm und öffnete etwas, das wie ein Erste-Hilfe-Kasten daherkam.

Attie schüttelte den dünnen orangefarbenen Rock und das ärmellose Oberteil aus, das aussah, als würde es ihren Bauch kaum bedecken. Die Buchstaben NIU waren auf der Rückseite des Oberteils und des Rockes in Blau aufgedruckt. Das Outfit sah eher nach etwas aus, das eine Kellnerin in einer Taverne tragen würde. Wie eine Uniform wirkte es ganz sicher nicht. „Gehört das zur Routine?"

Als sie aufblickte, stand er mit einem Injektor neben ihr. „Routinemäßiger geht es gar nicht. Gerne kannst du das Outfit deinen Vorstellungen anpassen."

Bevor sie protestieren konnte, presste er den

Injektor an ihre Schulter. Der leichte Druck der Injektion löste einen Schauer in ihr aus, der schnell durch Hitze ersetzt wurde. Bei dem plötzlich eintretenden Schwindel hatte sie das Gefühl, dass das Deck unter ihre bebte. „Was war das?"

„Hat eine beruhigende Wirkung." Er lehnte sich dicht an ihr Gesicht, bis sie seinen Atem auf ihrer Haut spürte und sah ihr in die Augen. Scheinbar befriedigt trat er zurück.

„D-Das muss ein Fehler sein", stotterte Attie. Ihre Beine fühlten sich schwach an und ihr Kopf schwamm, als hätte sie getrunken. „Sie müssen Ihre Daten prüfen. Wer hat meine Versetzung veranlasst?"

„Jemand, der in der Befehlskette höher steht als du." Er kehrte zu seinem Schreibtisch zurück, tippte auf ein paar Tasten ein und wies dann auf etwas hinter ihr. „Dort drüben kannst du dich umziehen."

Sie blickte über ihre Schulter. Ein schimmernder Sichtschutz schirmte nun die hintere Ecke des Raumes ab. Sie hatte das Gefühl, sich in Zeitlupe zu bewegen, richtete ihre Aufmerksamkeit auf den Mann, dann auf die schwarze Verwaltungsuniform, die sie derzeit trug.

„Ich schlage vor, du beeilst dich." Er legte eine

Hand auf ihre Schulter, drehte sie zum Sichtschutz und gab ihr einen Klaps auf den Hintern, um sie anzutreiben. „Wenn du zu spät kommst, kriegst du nur, was übrig bleibt, und niemand will mit Rust gepaart werden.“

Gepaart werden? Und wer ist Rust? Steif wie ein Roboter lief sie hinter den Schutzschirm und zog ihre Tunika aus. Sie ließ das Kleidungsstück auf den Stuhl fallen und hielt das ärmellose orangefarbene Oberteil hoch. Der Stoff war recht dehnbar und sehr dünn. *Was ist das bitte für eine Uniform?* Sie schob ihre Arme hinein und zog das Kleidungsstück über ihrer Brust zusammen. Ein einziger Druckknopf sicherte es auf ihrer Vorderseite, sodass ein tiefer Ausschnitt entstand, mit dem Bereich unter ihren Brüsten vollkommen entblößt.

In der Hoffnung, dass der Rock mehr verdeckte, zog sie ihn über ihre Uniformhose. Der Saum endete knapp über ihren Knien. Sie überlegte, die Hose anzulassen, und ... presste die Lippen fest aufeinander. Sie war in den Syndicorp-Rängen nicht aufgestiegen, indem sie Befehle ignorierte. Dies könnte ein Test sein. Eine Möglichkeit, zu sehen, wie gut sie sich unter Druck verhielt. Sie würde vorerst tun, was ihr gesagt wurde, und mit ihrem Vorgesetzten sprechen, nachdem sie sich bewährt hatte.

Sie zog sich ihre Hose aus, faltete diese und ihre Tunika zusammen und legte beides auf den Stuhl. Anschließend trat sie hinter dem Schutzschild hervor und salutierte. In dem knappen Outfit fühlte sich das etwas albern an. „Bereit für den Dienst."

Der Sicherheitsbeamte fegte seinen Blick über sie und nickte. „Eine hübsche Kleine wie du wird beliebt sein. Hier entlang."

Er öffnete eine Tür mit dem Schild NIU. Verunsichert folgte sie ihm einen Korridor hinunter zu einer Tür, die von zwei bewaffneten Wachen in voller Kampfausrüstung flankiert wurde. In den Sichtschutzen spiegelten sich die harsche Deckenbeleuchtung wider, aber sie konnte ihre Blicke spüren, als sie zwischen ihnen hindurchging. Im Raum saß eine Frau in einer orangefarbenen Uniform wie der von Attie auf einem weichen Sessel, ihre langen, nackten Beine an den Knöcheln gekreuzt. Neben der Frau wartete ein leerer Sessel. Von der Decke hingen hauchdünne Vorhänge, durch die das Licht der Deckenlampen fiel. Der Raum selbst war in sechs private Nischen unterteilt, die mit Kissen in verschiedenen Größen und Farben dekoriert waren. Eine weitere geschlossene Tür befand sich an der gegenüberliegenden Wand.

Was für ein seltsames Wartezimmer. Attie drehte sich um, um ihre Eskorte zu fragen, was als Nächstes passierte, musste jedoch feststellen, dass er bereits verschwunden war. Die Tür schloss sich hinter ihm, und sie sah keine Möglichkeit, sie von dieser Seite zu öffnen.

Sie wusste, dass sie Angst haben sollte, aber welche Droge sie auch verabreicht bekommen hatte, beruhigte ihren Verstand, und sorgte gleichzeitig dafür, dass sie sich etwas unsicher auf den Beinen fühlte. Sie schwankte zu dem leeren Platz und sank dankbar auf das weiche Polster.

Die Frau drehte den Kopf und betrachtete Attie von Kopf bis Fuß. Sie war ungefähr in ihrem Alter, mit braunen Augen und kurzen ebenso farbenen Haaren, die sich leicht hinter ihren Ohren lockten. Das orangene Oberteil spannte sich über den großen Brüsten, und ihr Parfüm roch nach süßem Ingwer. Selbst mit der gelblichen Prellung an ihrer Wange war die Frau atemberaubend.

„Oh, den Sternen sei Dank. Endlich ein anderes Mädchen", war das Erste, was die Frau sagte. Ihre Worte kamen etwas gelallt heraus.

Attie wollte eine Hand ausstrecken, aber das

schien zu anstrengend, also sagte sie nur: „Ich bin Attie Swan."

„Claudia Maxwell." Die Brünette stieß ihr Kinn in Richtung der Tür, der sie zugewandt saßen. „Sie sollten jede Minute hier sein."

„Wer?" Attie warf einen Blick auf die Tür. „Was tun wir hier?"

Claudia runzelte die Stirn. „Du weißt es nicht? Wie viel zahlen sie dir?"

„Wie viel sie mir bezahlen? Ich verstehe nicht ganz."

„Gefahrenzulage. Manchmal sind die Cyborgs etwas brutal. Ich glaube, die meisten von ihnen machen es nicht mit Absicht. Außer Rust. Er ist ein kleiner Tyrann, aber die anderen versuchen, ihn in Schach zu halten."

Ihr Magen drehte sich. Gleichzeitig fiel Atties Blick auf die blauen Flecken an Claudias Knien. Was für ein streng geheimes Projekt war das hier?

Bevor sie eine weitere Frage stellen konnte, öffnete sich die Tür und mehrere breitschultrige Männer strömten durch die Öffnung. Vier von ihnen waren Menschen, aber es gab auch einen Saluqan mit violetten Adern, die unter seiner Haut leuchteten, und einen dunkelhäutigen Enayshuan mit markanten Gesichtskämmen. Jeder von ihnen hatte mindestens ein sichtbares kybernetisches Implantat: eine freiliegende Metallplate über einer Seite des Kiefers, Polymerknochen und Sehnen, wo ein Arm sein sollte oder einen mechanischen Fuß, der unter dem Saum einer locker sitzenden Hose herausragte.

Ein rothaariger Mensch schoss nach vorne, griff nach Attie und legte beide Hände wie Schraubstöcke um ihre Oberarme. „Ich zuerst." Er hielt sie, als wäre sie leicht wie eine Feder, und trug sie zu einer der abgetrennten Nischen. „Sie ist temperamentvoll. Das kann ich ihr ansehen."

„Lass mich runter!" Attie trat um sich und bemerkte in dem Moment, dass ihre Füße nicht mehr auf dem Boden waren. Ihre Zehen trafen auf ein sehr hartes Schienbein. Sie zuckte zusammen – er nicht.

Über die Schulter ihres Entführers sah sie, wie sich der Enayshuan auf sie zubewegte. Er packte den Rothaarigen an der Schulter. „Nein, Rust. Du bist der Grund, warum wir bis heute nur eine Konkubine hatten. Ich bin in der Kunst der Verführung geschult. Lass mich zuerst."

„Ich bin an der Reihe, Erster zu sein, Emilryde." Der Rothaarige – Rust – sah auf Atties Brüste. „Letztes Mal kam ich nicht mal dran, weil

Dollard die Sitzung frühzeitig beendet hat." Sein Griff festigte sich um ihre Arme, sodass Attie scharf einatmete.

Ein Mensch mit dunklen Haaren und grauen Schläfen stand plötzlich neben ihnen. „Lass sie runter, Rust. Du kommst als Letztes dran. Schluss, aus."

Rust senkte ihre Füße auf die Kissen und zwang sie auf die Knie. „Wir können sie zur gleichen Zeit nehmen. Ich will ihren Mund. Ihr zwei könnt um das andere Ende kämpfen."

Attie starrte auf die Beule an seinem Schritt. Die sehr offensichtliche Länge einer Erektion war durch seine Hose zu erkennen und der Anblick ließ sie vor Entsetzen beben. Auf keinen Fall würde sie ihren Mund oder irgendetwas anderes in die Nähe dieses Teils bringen. Scheiß auf die Anweisungen von oben.

Irgendwo außerhalb der Nische hörte sie Claudias kehliges Lachen und die Stimmen fremder Männer. Wie konnte die Frau damit einverstanden sein? Niemals wäre der Gefahrenzulage hoch genug, um Attie dazu zu bringen, dies freiwillig zu tun. Sie wehrte sich und versuchte, zu entkommen.

Der Cyborg packte mit einer Hand ihr Haar und schaffte es so mit Leichtigkeit, sie zu fixieren.

„Lasst mich los!" Ihre Kopfhaut brannte, als sie instinktiv nach der Hand griff, die sie festhielt.

Ihre Nägel in seiner Haut ignorierend streckte er die freie Hand nach dem Kordelzug an seinem Hosenbund aus.

Vollkommen hilflos entschied Attie, zu schreien. Diese Männer – diese Cyborgs – waren drauf und dran, sie zu vergewaltigen.

Und sie war nicht stark genug, sie aufzuhalten.

KAPITEL DREI

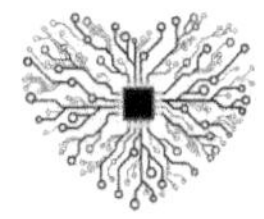

Doug saß auf dem Untersuchungstisch, ein Hardline-Kabel an seine Schädelöffnung befestigt. Syndicorp hatte eine neue Mission zugewiesen, und wie üblich wählte der Arzt Doug für den Job aus. Normalerweise machte es ihm nichts aus, aber heute erwartete er Attie in der Konkubinenkammer, und seine Cyborg-Kollegen waren bereits dorthin aufgebrochen. Er konnte nur daran denken, wie die Cyborgs ihr die Klamotten vom Leib rissen und sie auf den Boden warfen.

Er schirmte diesen Gedanken schnell ab. Sein Schutzschild war an Ort und Stelle, aber das Kabel erlaubte dem Arzt einen Einblick; ein erfahrener Assistent konnte sogar Fäden von Dougs Gedanken extrahieren, wenn er nicht vorsichtig war.

Unter Umgehung einer Firewall fand er den Weg in den persönlichen Feed einer Posungi-Matriarchin. Syndicorp wollte die Reaktion der Regierung auf einen sich abzeichnenden Staatsstreich auf dem Heimatplaneten der Posungi steuern.

Der Assistent, der neben ihm am Monitor saß, zog blasse Augenbrauen hoch. „Du bist heute bemerkenswert schnell."

Doug arbeitete weiter, ohne zu antworten, denn er wollte den Job erledigen, damit er gehen konnte. Bevor das Kabel angebracht wurde, hatte er es geschafft, eine Übertragung an Benjy, einen der anderen menschlichen Testpersonen, zu senden. *Beschütze sie!* Benjy war nicht gerade ein Freund – Doug hatte keine Freunde –, und nicht zu wissen, ob der andere Cyborg seine Bitte beherzigen würde, brachte ihn regelrecht um den Verstand.

Dollard beugte sich über die Schulter des Assistenten. Sein schwarzes Haar glänzte im harschen Licht des Labors, als er einen Blick auf den Monitor warf. „Was ist das?"

Verflucht. Der Arzt wurde misstrauisch. Doug schob die Gedanken an Attie ein Stück weiter weg und konzentrierte sich.

„Wollen Sie, dass ich es speichere?", fragte der Assistent.

„Nein. Es sieht so aus, als wäre er bereits im Kernprozessor."

Doug hatte nie offenbart, wie blitzschnell er sein konnte, sodass der Arzt sich seines wahren cyberempfindlichen Potenzials nicht bewusst war. Selbst die anderen Cyborgs hatten keine Ahnung. Zu oft hatte er den Fehler gemacht, jemandem zu vertrauen, nur um verraten zu werden.

„Ziel lokalisiert", sagte Doug laut. Er pflanzte einen Code in das Polycom der Matriarchin, der sie dazu bringen würde, eine bestimmte Fraktion zu beschuldigen, die Syndicorp ausrotten wollte. Dieser Job war politischer als üblich, aber im Moment kümmerte es Doug herzlich wenig, ob er einen Start-up-Konkurrenten sabotierte oder Cyberspionage für eine Provinzkolonie durchführte. Er musste nur das Kabel loswerden, und zwar bald.

„Rekordzeit", sagte der Assistent mit einem wertschätzenden Glucksen.

Dollard zeigte am Bildschirm auf eine Zeile. „Speichern Sie das."

Dougs Herz schlug schneller und er widerstand dem Drang, einen Blick auf das zu werfen, was die Aufmerksamkeit des Arztes erregt hatte. *Das ist ein normaler Job,* sagte er sich und hoffte, dass der Gedanke auf dem Monitor erschien.

Der Arzt richtete sich auf und wandte sich an den biometrischen Scanner, der Dougs Vitalfunktionen verfolgte. „Deine Atmung weist auf Stress hin. Wann war deine letzte ärztliche Untersuchung?"

Er dachte nach und antwortete: „Die Anomalie ist auf einen neuen Algorithmus zurückzuführen, den ich eingesetzt habe, um meine Zugriffsgeschwindigkeit zu verbessern." Zumindest hatte er eine Ausrede, warum er die Aufgabe in Rekordzeit erledigen konnte. „Ich werde daran arbeiten."

„Warum hast du das nicht erwähnt, als wir angefangen haben?" Der Arzt stieß einen Atemzug aus und schürzte seine bleichen Lippen. Er blickte den Assistenten finster an. „Fragen Sie nach Details. Ich muss ins Klonlabor."

Mit den Worten wirbelte Dollard herum und marschierte mit flatterndem Laborkittel an den bewaffneten Wachen vorbei durch den Ausgang. In dem Moment, als sich die Tür schloss, löste Doug das Kabel von seinem Kopf.

„Warte", beschwerte sich der Assistent und sprang von seinem Stuhl.

Doug stand auf. Er überragte den kleineren Mann. „Ich schicke den Algorithmus an Ihren Computer. Ich freue mich darauf, mich den anderen anzuschließen. Wenn Sie bitte die Tür öffnen könnten."

Der Assistent eilte hinter ihm her, während Doug an Kryo-Pods in Richtung der Konkubinenkammer vorbeiging.

„Was ist denn in dich gefahren?" Der Assistent hielt die Hand vor den Scanner der Tür. Sie surrte auf und enthüllte einen kurzen Korridor mit einer einzigen Tür am gegenüberliegenden Ende. „Du bist normalerweise nicht einer für Kameradschaft."

„Die Aufgabe hat mich müde gemacht", log Doug. „Ich brauche Entspannung." Damit ging er den kurzen Korridor hinunter zur Tür, die sich automatisch öffnete. Was er auf der anderen Seite sah, verwandelte sein Blut in Feuer.

———

Ein Schrei löste sich aus Atties Kehle, als sie an der Hand kratzte, die sie weiterhin fixierte. Ihre Kopfhaut brannte, als der Cyborg sie schüttelte, während seine andere Hand den Knoten an seiner Hose löste. Sie hatte Mühe, sich an ihr

Kampftraining zu erinnern. Ihre Schwester hätte diesem Kerl inzwischen den Arsch versohlt. Attie jedoch hatte sich nie in den körperlichen Aspekten ihres Trainings hervorgetan. Sie war aus einem bestimmten Grund in die Verwaltung gegangen. *Immer in die Eier,* flüsterte Marlis' Stimme in ihrem Kopf.

Attie ballte ihre Hände zu Fäusten und griff an, indem sie ihm die Fingerknöchel in den Schritt rammte.

Er grunzte und ließ ihre Haare los.

Sie fiel nach vorne und landete auf ihren Ellbogen. Ein schmerzhafter Aufprall, der in ihre Schultern wanderte.

„Dumme Schlampe!"

„Hör auf mit dem Scheiß, Rust!", brüllte jemand.

Sie stolperte auf die Füße und wurde Zeuge davon, wie ein dunkelhaariger Cyborg einen auf sein Gesicht gerichteten Schlag von Rust blockierte, während der Saluqan mit Rusts anderem Arm kämpfte. Der Rothaarige schüttelte den Saluqan ab und stieß den dunkelhaarigen Cyborg nach hinten. Von der anderen Seite des Raumes drängte sich ein großer blonder Mann in den Kampf. Indessen beobachtete Claudia den

Aufruhr aus der Nische mit weit aufgerissenen Augen.

Atties Herz setzte einen Schlag aus, als Rust seine Aufmerksamkeit wieder auf sie richtete. Sie schwor, dass Dampf aus seinen Ohren kam, als er einen bedrohlichen Schritt auf sie zu machte.

Dann kam ein Mann, den sie vorher nicht bemerkt hatte, und er legte eine metallische Hand um Rusts Kehle.

Als ob ein Vorhang gefallen wäre, kam der Kampf zu einem plötzlichen Stopp.

Der blonde Kerl murmelte: „Was macht er denn hier?"

Die Adern des Saluqan pulsierten unter seiner dunkelvioletten Haut in einem schillernden Ton.

„Beruhige dich jetzt", sagte der ältere Mann, der *angeboten* hatte, sie zuerst zu ... Sie schüttelte die düsteren Gedanken ab.

Der neue Cyborg war nicht der größte von ihnen, aber irgendwie war er der imposanteste. Eine Seite seines Gesichts war ein mattes, graues Metall, komplett mit einem leuchtend grünen kybernetischen Auge. Unter seiner losen Kleidung schien ein Großteil seines Körpers aus harten, eckigen Stücken zu bestehen. Jeder Zentimeter von ihm strahlte Kraft aus. Wie um diese Tatsache zu beweisen, hob er Rust an der Kehle nach oben, sodass die Füße des anderen Mannes nicht länger den Boden berührten.

Rusts Augen weiteten sich und er presste heraus: „Ich habe es nicht so gemeint."

Der Saluqan machte mit beiden Händen eine beruhigende Geste. „Ganz ruhig."

Der neue Cyborg öffnete seine Faust und ließ Rust los, sodass dieser hart auf dem Boden landete. Mit rauer Stimme sagte er: „Die neue Konkubine gehört mir."

Er packte Attie am Arm und riss sie zur Tür, durch die die Cyborgs gekommen waren. Sie glitt auf und enthüllte einen kurzen, grell erleuchteten Korridor mit einer geschlossenen Tür am anderen Ende. Als er sie mit sich zog, konnte sie nur beten, dass das, was dieser Cyborg für sie auf Lager hatte, nicht schlimmer war als die Situation, der sie gerade entkommen war.

KAPITEL VIER

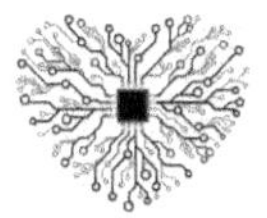

Doug umging den Türmechanismus, zog Attie in den Korridor und sorgte dafür, dass sich die Tür hinter ihnen schloss. Das Öffnen der Tür vor den anderen Cyborgs war wahrscheinlich ein Fehler gewesen; obwohl sie ihn als den mächtigsten Cyberempfindlichen anerkannten, hatte er das wahre Ausmaß seiner Fähigkeiten bisher immer verborgen gehalten. Er war sich der Loyalität der anderen nicht ganz sicher. Rust und Emilryde traute er Verrat zu. Nur hatte er Attie schon so lange beschützt, dass seine Reaktion instinktiv gewesen war.

Und, na ja, je mehr Trauma sie ertrug, desto unbrauchbarer wäre sie in der Verwaltung. Normalerweise durften Konkubinen nicht zum

Generalstab zurückkehren; solange er Attie jedoch von Dollard fernhielt, sollte es kein Problem geben. In Vorbereitung für ihren Weg zurück hatte er die Daten zu ihr bereits aus dem Protokoll gelöscht.

Er brauchte nur zuerst die KI.

Er wirbelte herum, drückte Attie gegen die Wand und wanderte von ihren Armen zu ihren Handgelenken, um nach der KI zu fühlen. Ihre weiche Haut unter seinen Handflächen verlangsamte ihn. Er pausierte über ihren Pulspunkten an ihren Ellbogen. Sein Inneres fühlte sich komisch an – wie bei einem freien Fall. Er hatte selten physischen Kontakt mit Menschen, und wenn es passierte, war es in einem klinischen Umfeld. Im Moment fühlte es sich alles andere als klinisch an.

Sie starrte ihn aus weit aufgerissenen Augen an. Ihre Zungenspitze zeigte sich und fuhr über ihre Lippen.

Plötzlich hatte er das starke Bedürfnis, sie zu küssen. Hitze glitt über seine Haut und schickte seinen naniten-regulierten Herzschlag durch die Decke. Er hatte diese Art von Verlangen nicht mehr gespürt, seit ein Fluchtversuch ihn von der Taille abwärts gelähmt hatte. Seitdem hatte er seine Maschinenseite aus vollem Herzen akzeptiert. Er hatte kein Interesse an menschlichen Begierden. Bis jetzt.

Sein Blick rutschte zu ihren hübschen Brüsten, die aus dem engen orangefarbenen Oberteil spähten. Ihre makellose helle Haut war leicht gerötet, was ihm das Wasser im Mund zusammenlaufen ließ. Und sie roch erstaunlich. Nicht bis zum geht nicht mehr parfümiert wie die anderen Konkubinen, sondern sauber und blumig. Rosen? Er war im Elendsviertel auf der Whylon Station aufgewachsen, und als er sehr jung war – bevor seine Eltern gestorben waren –, hatte seine Mutter einen Rosenstrauch im Topf in ihrer kleinen Wohnung gehegt und gepflegt. Er erinnerte sich gut, weil es ihn immer gewundert hatte, wie die dornigen Zweige diese samtweichen, duftenden Blütenblätter hervorbringen konnten.

Ihr Atem wehte über seine Haut. „Was willst du von mir?“

Bei der Empfindung würde er ihren Körper am liebsten an seinen ziehen. Sie hatte das Aphrodisiakum bekommen und doch war er es, der sich unter Drogen gesetzt fühlte. Oder vielleicht lag es daran, dass er sie über so viele Monate beobachtet hatte, dass er das Gefühl hatte, sie zu kennen. Was auch immer der Grund war, er wollte ihre weichen Brüste an seinem Oberkörper spüren, wollte mit den Händen über ihren Rücken streicheln und ihren perfekten Arsch packen. Er wollte sie hochheben und auf seinen …

Er schüttelte den Gedanken ab und ließ ihre Arme los. Seine Hose fühlte sich unangenehm eng an, was angesichts seiner Verletzung unmöglich sein sollte. Syndicorp hatte seine Beine ersetzt, aber nicht die Funktionalität seiner Männlichkeit behoben. Er hatte seit Jahren keine Erektion mehr gehabt.

Jetzt hatte er das.

Und er wollte sie benutzen.

Jedoch lief ihnen die Zeit davon. Jemand würde schon bald die Kameraaufzeichnungen prüfen. Er zwang sich, einen Schritt zurückzutreten und nach der KI zu suchen.

Ihr schlankes Handgelenk war leer.

Seine Augen wanderten zu ihrem anderen.

Nichts.

Sie hatte die KI nicht bei sich. Oder es hatte sich bei dem Handgemenge gelöst. Er wurde panisch. „Wo ist die KI?"

Atties Augen wurden noch weiter. „Twerp?"

Die Tür am anderen Ende des Korridors glitt auf und Dollard trat ein.

Fuck. Doug lehnte sich vor und verschluckte Atties Worte mit einem Kuss. Dollard durfte nicht wissen, dass sie miteinander geredet hatten.

Attie zappelte in seinen Armen und versuchte, trotz seines Mundes auf ihrem, zu sprechen. Er legte die Arme fester um sie und schob seine Zunge zwischen ihre Lippen.

Die weiche, nasse Hitze ihres Mundes explodierte und sprang wie Funken über seine Sinne. Jede Zelle in ihm pochte mit einem Bedürfnis, das er nie wieder erwartet hatte. Seine Hüfte zuckte vor, kam mit ihrer exquisiten Weichheit in Kontakt und er stöhnte. Zu seiner Überraschung schmiegte sie sich an ihn, öffnete ihren Mund weiter und neigte den Kopf nach hinten. Er wusste, dass er aufhören sollte. Sie stand unter dem Einfluss von Drogen, und es war nicht Teil seines Plans, sich ihren Zustand zu Nutze zu machen.

Aber … sie war unwiderstehlich.

Er schob eine Hand nach oben und legte sie auf ihren Hinterkopf, eingenommen von ihren weichen Haaren unter seinen Fingerspitzen. Jeden Millimeter von ihr wollte er berühren.

„Was geht hier vor sich?" Dollards Stimme schnitt durch den Dunst, der von Dougs Sinnen

Besitz ergriffen hatte. „Konkubinen sind in diesem Bereich nicht erlaubt. Wie bist du durch die Tür gekommen?"

Doug brach widerwillig den Kuss ab und sprach mit seinen Lippen nur wenige Millimeter von Atties entfernt. „Die Tür stand offen."

Atties Wangen waren gerötet, ihre Augen geschlossen und die Lippen leicht geteilt. Er presste seinen Mund noch einmal gegen ihren, und er musste nicht vorgeben, dass sein Hunger nach ihr real war.

„Lass sie los und geh zurück in deine Zelle." Der Arzt schlug auf das biometrische Bedienfeld und öffnete die Tür zur Konkubinenkammer. „Ihr alle", befahl er. „Geht sofort zurück in eure Zellen."

Die anderen Cyborgs murrten, aber Doug hörte, wie sie sich in den Korridor bewegten. Die Naniten in seinem Kopf erhielten stille Übermittlungen von ihnen, als sie an dem wachsamen Arzt vorbeigingen.

Kennst du sie?

Hast du die Tür geöffnet?

Doc holt die Betäubungspistole heraus. Das kam von Benjy.

Am anderen Ende traten die beiden Wachen vom Labor in den Korridor, ihre Pulspistolen im

Anschlag. Der Arzt bestand stets auf Security und ließ die Tür sofort auf Fehlfunktionen untersuchen, also kodierte Doug schnell einen Fehler in den Sensor des Schlosses, um einen Herstellerdefekt vorzutäuschen.

Doug wandte sich dem Labor zu und ignorierte Attie vollständig. Er wollte nicht, dass der Arzt dachte, sie sei etwas Besonderes. Als er das Surren der Tür und die Schritte des Arztes hinter sich hörte, überschwemmte Erleichterung sein System. Atties Anwesenheit hatte keinen Verdacht geweckt, zumindest nicht bei Dollard.

Die anderen Cyborgs bombardierten ihn jedoch weiterhin mit Fragen.

Sag mir, wie du diese Tür geöffnet hast, kam es von Esben.

Rust sagte: *Ich würde gerne wissen, warum unser Roboter-Vorbild plötzlich heiß auf eine Konkubine ist.*

Ja, was geht hier vor sich?, fragte Benjy.

Doug ignorierte die vielen Nachrichten, als er zwischen den Wachen ins Labor ging. Er sprach selten mit den anderen; je mehr Menschen er in seine Welt ließ, desto größer war die Chance, dass sich jemand gegen ihn wandte. Zwei der Assistenten warteten im Labor mit Beruhigungspistolen, als sie Doug dabei beobachteten, wie er sich zwischen den

Untersuchungstischen bewegte. Seine Zelle befand sich auf der gegenüberliegenden Seite des Labors, und je früher er sie erreichte, desto eher konnte der Arzt die Dämpfungsschilde aktivieren und weitere Gespräche blockieren.

Als er sich Rusts Zellentür näherte, schickte der Rotschopf: *Ich frage mich, ob Dollard mich belohnen wird, wenn ich ihm sage, dass du weißt, wie du die Türschlösser umgehen kannst.*

Doug hielt inne. Er drehte den Kopf und blickte in die durchdringenden Augen des anderen Cyborgs. *Tu es nicht.*

Wenn Dollard wüsste, dass Doug die Türen öffnen konnte, würde er diese Sicherheitslücke schließen und anschließend möglicherweise sogar Dougs andere Fähigkeiten entdecken. Dann würden sie neue Wege finden, Doug wie die Laborratte, die er nun mal war, einzusperren, und er wäre nicht länger in der Lage, Attie oder die KI zu erreichen. Er wusste nicht, wie das verdammte Ding seinen Weg zu Attie gefunden hatte oder wo es sich jetzt befand, aber er musste es zerstören, bevor es alles, was es über seine Schwester und die Rebellen wusste, ausplauderte. Und um das zu tun, brauchte er seine Fähigkeit, Türen zu öffnen. Die Sicherheit seiner Schwester stand auf dem Spiel.

Warum sollte ich es ihm nicht sagen?, dachte Doug. Rust funkelte ihn an. *Ich habe nichts zu verlieren.*

Doug erkannte, dass er in diesem Fall nicht mit Stille davonkommen würde. *Was würdest du tun, wenn ich dir verrate, wie man die Türen öffnet?*

Was denkst du denn, was ich tun würde? Rusts finsterer Blick verwandelte sich zu einem Grinsen. *Das Schiff übernehmen.*

Von den anderen nahm er Zustimmung wahr.

Er musste den Cyborgs verständlich machen, was dieses Wissen für Folgen nach sich ziehen konnte. Noch besser wäre, wenn er ihnen Glauben machte, dass der Hack nutzlos war. Nur mussten sie selbst zu dieser Schlussfolgerung kommen. *So einfach wäre das nicht. Wie würdest du an den Assistenten vorbeikommen, geschweige denn an den Wachen?*

Rust hob trotzig sein Kinn. *Wenn wir das nächste Mal zu den Konkubinen dürfen, werde ich durch die andere Tür entkommen.*

Mit gerunzelter Stirn setzte Doug seinen Weg in Richtung seiner Zelle fort. *Auf der anderen Seite sind mehr Wachen, du Idiot. Du wärst tot, bevor du drei Schritte gemacht hast.*

Woher weißt du das?

Glaubst du, dass dort keine sind? Doug erwähnte

nicht, dass er auf die Sicherheitsfeeds zugreifen konnte.

Du hast diese neue Konkubine hier reingebracht. Benjys Übermittlung vibrierte mit einem Vorwurf. *Wie? Was verheimlichst du uns noch?*

Zum ersten Mal seit einer sehr langen Zeit fühlte sich Doug schuldig. Benjy war kurz nach Doug und seiner Schwester im Labor angekommen, und er war stets nett zu Lisa gewesen, während Doug sich mehreren Tests und Implantatoperationen unterziehen musste. Er hatte immer gemeint, sie erinnere ihn an seine Tochter. Doug machte sich eine mentale Notiz, nach Benjys Tochter zu suchen und sicherzustellen, dass es ihr gut ging.

Ich erkannte ihren Namen auf dem Dienstplan, bot Doug eine Halbwahrheit an. *Sie ist jemand aus meiner Vergangenheit, und ich habe geschworen, sie vor Gefahr zu bewahren.*

Wen interessiert schon eine Hure? Ich will hier raus, sagte Rust.

Dougs Muskeln spannten sich bei dem Wort Hure an, aber gerade jetzt würde ein Schlag auf die Nase des anderen Cyborgs die Dinge nur verschlimmern. Er ging weiter auf seine Zelle zu und wünschte, das Labor wäre nicht so groß.

Emilryde schloss sich dem Gespräch an: *Wir müssen das Schiff nicht übernehmen. Arbeiten wir aber zusammen, könnten wir dem Labor entkommen und ein Shuttle stehlen. So habe ich es aus den Sklavenunterkünften auf Enays geschafft.*

Doug erreichte seine Tür und trat hinein, dankbar, dass das Gespräch bald enden würde. *Wir sind keine gewöhnlichen Sexsklaven. Wir sind Cyborgs. High-Tech-Eigentum von Syndicorp. Selbst wenn wir Dollards automatische Zerstörungssequenz irgendwie umgehen könnten, ist es so gut wie unmöglich, dass wir uns unter die Bevölkerung mischen können. Jeder, der uns sieht, würde uns für ein Kopfgeld ausliefern. Von hier zu verschwinden, ist keine Option.*

Dollard klopfte mit dem Lauf seiner Betäubungspistole an Dougs Türrahmen. „Du, komm raus. Du bekommst eine vollständige Diagnose."

Ein Assistent bereitete in der Nähe eines Untersuchungstisches ein Hardline-Kabel vor, während der andere die Fesseln öffnete. Dougs Puls beschleunigte sich. Er war seit über einem Jahr nicht mehr festgeschnallt worden.

Teile die Information jetzt, falls er dich säubert, drängte Esben, als Doug seine Zelle verließ.

Doug hatte sich noch nie vor der Diagnose des

Arztes gefürchtet; er hatte gelernt, seine Fähigkeiten zu schützen. Nur hatte der Arzt nun allen Grund, misstrauisch zu sein. Wenn er entdeckte, zu was Doug in der Lage war, würde er Dougs Nanitenprozessor löschen. Doug könnte all die Hacks verlieren, die er im Laufe der Jahre entwickelt hatte.

Den Cyborgs die von ihm entwickelten Algorithmen zu geben, würde wahrscheinlich zu Unruhen führen und ihm jede Chance nehmen, die KI zu finden und zu zerstören. Aber sie könnten auch seine einzige Chance sein, die von ihm entwickelten Codes zu bewahren. Nur wenige Augenblicke, bevor das Hardline-Kabel ihn fixieren konnte, erkannte er, dass er keine andere Wahl hatte. Er übermittelte: *Benutzt nichts davon, bis wir wieder sprechen.*

Dann schickte er ihnen die Informationen.

Doug lag angeschnallt auf dem Untersuchungstisch aus hartem Stahl und ertrug die diagnostische Untersuchung des Arztes. Der Code, den er gerade mit den anderen Cyborgs geteilt hatte, stand immer noch im Vordergrund seines Gedankenprozesses, und er schaltete seine Naniten aus, um ihn zu blockieren. Normalerweise war Disziplin für ihn kein Thema; nachdem er jedoch den Code von Dollards Suche versteckt hatte, wollte seine Fantasie immer wieder zu Attie zurückwandern.

Er hatte sie monatelang beobachtet, ihre Gewohnheiten und Eigenheiten kennengelernt und verstand nun, wie sehr sie ihre Schwester liebte und ihre Karriere schätzte. Sie persönlich zu treffen, war überwältigend gewesen. Seine Leistengegend schmerzte vor unerfüllter, fast vergessener Begierde und seine Lippen sehnten sich danach, ihren Mund erneut für sich zu gewinnen. Er konnte nicht aufhören, an die Röte auf ihrer cremeweißen Haut zu denken, an ihr weiches aschblondes Haar, an die Art und Weise, wie sich ihr orangefarbenes Oberteil über ihre vollen Brüste spannte ...

Dollard griff nach einem medizinischen Scanner, schwenkte ihn über Dougs Körper und runzelte die Stirn, als er Dougs Leistengegend erreichte. „Du hast eine körperliche Reaktion auf etwas.“

Durch zusammengepresste Zähne antwortete Doug: „Das nennt man eine Erektion, Doktor. Sie haben die Konkubine weggeschickt, bevor ich kommen konnte.“

Die Augenbrauen des Arztes schossen hoch. „Du hattest noch nie eine körperliche Reaktion auf diese Frauen. Was hat sich geändert?“

Atties Rosenblütenduft und ihre von seinen Küssen geschwollenen Lippen tauchten in seinem Kopf auf. Er blockierte die Bilder eine Mikrosekunde später, aber der Assistent zeigte auf seinen Monitor, wo die Naniten bereits Dougs

Gedanken in Code für die Diagnose übertragen hatten. „Sir, das könnte es sein."

Dollard spitzte die Lippen und schob den Assistenten zur Seite, damit er auf das Display schauen konnte.

Fuck, fuck, fuck! Der Arzt kümmerte sich nicht um die Frauen, die als Konkubinen zu ihnen gebracht wurden, aber er überprüfte immer noch jede Person, die diese Ebene betrat. Atties Eintrag hatte er jedoch noch nicht gesehen. Dabei wollte es Doug belassen, sodass er ihn mit den Worten ablenkte: „Der Algorithmus, an dem ich vorhin gearbeitet habe, verursacht Nebenwirkungen für mein autonomes System."

Die Hände hielten über der Tastatur inne; der Arzt richtete seinen Blick wieder auf Doug. „Der Algorithmus, der deine Hacking-Effizienz verbessert?"

„Korrekt."

Dollards Augen leuchteten auf und er griff wieder nach dem medizinischen Scanner, Monitor vergessen. „Vielleicht bist du auf eine Verbesserung gestoßen, bei der sich die Naniten mit dem biologischen System verbunden haben."

Das NIU-Projekt hatte mit rein biologischen Testpersonen begonnen, aber es stellte sich heraus, dass die Naniten kybernetische Schnittstellen benötigten, da sie sonst den Wirt destabilisierten und töteten. Als Dollard das erkannte, hatte er seinen Testpersonen entweder kybernetische Implantate hinzugefügt oder diejenigen entsorgt, die sie ablehnten. Dougs Schwester war nur mit ihrem Leben davongekommen, weil die Denaida-Piraten sie gefunden hatten und in der Lage waren, die Naniten aus ihrem Körper zu entfernen. Nun stützte sich das Projekt vollständig auf Cyborgs, was nach Dollards Meinung unvollkommen war, da er Spione schaffen wollte, die einen Raum unbemerkt betreten konnten.

Der Arzt passte die Einstellung des Scanners an, während er mit dem Assistenten sprach: „Haben Sie diesen Algorithmus schon überprüft?"

„Nein, Sir." Die Kehle des Assistenten bewegte sich mit einem nervösen Schlucken. „Er hat ihn uns erst vor einer Stunde gegeben."

Dollard blickte ihn finster an, als arbeitete der Kerl schon seit einer Woche an dem Problem. „Na dann los."

„Jawohl, Doktor." Der Assistent schloss die Diagnose, die Dollard sich angesehen hatte, und rief den Algorithmus auf.

Innerlich stieß Doug einen erleichterten Seufzer

aus. Beide Männer konzentrierten sich nun wieder auf die Naniten. Attie war vorerst in Sicherheit.

Dollard schwebte mit dem Scanner über Dougs Körper und schüttelte den Kopf. „Ich kann keine Veränderungen in der Physiologie des Probanden feststellen. Ich muss die Diagnose für jedes einzelne kybernetische System durchführen."

Doug knirschte mit den Zähnen. Eine systemweise Überprüfung seiner Kybernetik würde Tage dauern. Und er würde wahrscheinlich die ganze Zeit an diesem verdammten Tisch festgeschnallt sein – Dollard dachte selten an den Komfort seiner Testpersonen. Wenn das jedoch seine Aufmerksamkeit von Attie ablenkte, konnte Doug es aushalten. Er hatte in der Vergangenheit schon viel Schlimmeres durchgemacht.

„Doktor?" Ein dürrer Mechaniker kam aus der Richtung der Konkubinenkammer und räusperte sich. „Es gab eine fehlerhafte Komponente im Türmechanismus. Dies ist jetzt behoben."

„Das will ich auch hoffen." Dollard zeigte mit dem Finger auf die andere Seite des Labors. „Installieren Sie ein sekundäres Sicherheitsfeld über diesem Eingäng. Und überprüfen Sie auch die andere Tür."

„Jawohl, Doktor." Der Mann eilte davon.

Dollard kehrte zu seinem Scanner zurück, nur um einen Moment später wieder durch einen Anruf unterbrochen zu werden. „Dr. Dollard, Ihr Zyklus im Klonlabor ist beendet. Was soll ich tun?"

Mit einem frustrierten Seufzer legte Dollard seinen Scanner beiseite. Er starrte Doug einen Moment an und löste dann das Hardline-Kabel. „Geh in deine Zelle."

Doug erhob sich und ging fügsam in seine Zelle, dankbar, dass der Arzt dem Assistenten nicht befohlen hatte, die Scans zu übernehmen. Es bedeutete, dass Dollard die Angelegenheit für bedeutend genug hielt, dass er sie selbst handhaben wollte – was sowohl gut als auch schlecht war. Vorerst würde Doug die Unterbrechung zu seinem Vorteil nutzen.

Er setzte sich auf sein Bett, als das Kraftfeld erschien und seine Sicht auf das Labor eingeschränkt wurde. Diagnostische Scans führten stets zu Kopfschmerzen und einem Haufen schmutziger Codes, die aufgeräumt werden mussten, aber dafür hatte er jetzt keine Zeit. Er musste diese KI finden. Was hatte Attie damit gemacht? War das Gerät in der Konkubinenkammer abgefallen oder hatte sie es in ihrem Quartier zurückgelassen? Er konnte sie in der

Kammer nicht ausspionieren – dort war keine Technologie erlaubt, weil die Cyborgs sie hacken könnten.

Mit seiner Cyberempfindlichkeit suchte er den Rest des Schiffes nach dem Gerät ab. Warum konnte er es nicht wahrnehmen? Er hatte es noch nie mit einem Computer zu tun gehabt, der ihn blockieren konnte. Bei dem Gedanken drehte sich sein Magen. Das hilflose Gefühl erinnerte ihn an seine Kindheit, als er und Lisa aus Angst vor der Polizei oder dem Kartell immer über ihre Schultern schauen mussten. Nur war er nicht mehr dieser kleine Junge ohne Fähigkeiten oder Verbindungen. Es gab andere Möglichkeiten, die KI zu finden.

Als er auf die Kameraaufzeichnungen in Atties Quartier zugriff, spulte er zu dem Punkt zurück, bei dem er sich sicher war, dass die KI noch in ihrem Besitz gewesen war. Er beobachtete, wie sie sich in ihrem Zimmer bewegte. Wie oft hatte er ihr dabei zugesehen? Und doch faszinierten ihn ihre Bewegungen immer wieder aufs Neue.

Sie wählte eine Uniform aus ihrem Schrank, öffnete dann ihre Schreibtischschublade und warf das Armband hinein. Er atmete langsam aus. Dieses Detail war ihm entgangen, als er ihre Versetzung koordiniert hatte.

Er hob die Arme hinter seinen Kopf. Solange niemand ihr Quartier betrat, war die KI sicher. Nur bedeutete das auch, dass er nicht einfach in die Konkubinenkammer gehen und ihr das Gerät wegnehmen konnte. Um es in seine Gewalt zu bekommen, müsste er sie in ihr Quartier zurückschicken.

Das Problem war, er kannte Attie. Sie war eine engagierte Bürgerin und eine noch engagiertere Soldatin. Sie vertraute darauf, dass Syndicorp das Richtige tat, und er könnte sich gut vorstellen, dass sie nach dieser Erfahrung zum Admiral gehen würde. Dann würde die KI nicht nur Kopfgeldjäger direkt zu seiner Schwester führen, sondern auch seine eigene Position gefährden. Zumindest müsste er damit rechnen, dass Dollard alle seine Systeme vollständig zurücksetzte. Oder schlimmer noch, dass er ihn tötete.

Die KI jedoch sollte vorerst sicher sein. Und er hatte Atties Akte so tief vergraben, dass sie für eine lange Zeit niemand vermissen würde. Er hatte den Admin-Pool manipuliert, sodass es nun aussah, als sei sie auf Landurlaub, und ihre sogenannten Freunde hatten sie verlassen, aus Angst, zusammen mit ihr degradiert zu werden. Ihr Vater und ihr Bruder riefen selten an, und ihre Schwester – nun, es war nicht so, dass Marlis in absehbarer Zeit nach ihr suchen würde. Attie war allein.

So wie ich.

Er schob den Gedanken beiseite und sah sich die Kamera-Feeds des Schiffes an, um zu dem Moment zurückzukehren, an dem sie die KI erhalten hatte. Er beobachtete, wie sie auf das Armband starrte und sich eine Sorgenfalte zwischen ihren Augenbrauen formte. Sie hatte etwas an sich, etwas mehr als ihre Schönheit, das er nicht greifen konnte. Eine Intelligenz vielleicht, oder möglicherweise war es die Hingabe zu ihrer Familie, so wie er das von sich selbst kannte.

Sein Blick fiel auf ihre wohlgeformten Brüste, die sich am U-Ausschnitt des Shirts zeigten, das sie gerne trug, wenn sie nicht in Uniform war. Seit er versprochen hatte, sie im Auge zu behalten, hatte er sie ein paar Mal dabei beobachtet, wie sie sich auszog, aber er hatte sich selten erlaubt, bei ihren privaten Momenten zu verweilen.

Als er sich daran erinnerte, wie sie sich im Korridor an ihn geschmiegt hatte, wanderte seine menschliche Hand über den Bauch zu seinem Schritt, wo seine Erektion nun nicht mehr zu bestreiten war.

Es fühlte sich an, als wäre es eine halbe Ewigkeit

her, seit er Verlangen erlebt hatte. Auf der Whylon Station war er als vollständiger Mensch in einer Taverne gewesen, hatte mit einer Fremden geflirtet, an deren Aussehen er sich nicht länger erinnern konnte. Sie hatten sich für einen Quickie in einen Servicekorridor geschlichen. Heiß und schnell. Wenn er gewusst hätte, dass es sein letztes Mal sein würde, hätte er den Moment ausgekostet.

Er schob seine Hand unter seinen Bund und packte seinen Schaft. Wie würde sich Atties Hand dort anfühlen? Er erinnerte sich an ihren Geruch und das Gefühl ihrer Lippen, an die Art und Weise, wie sie die Lippen geteilt hatte und ihre Zunge mit seiner verschmolzen war. So süß. So nass. *Nebulas*, gerne würde er diese prallen Lippen um seinen Schwanz spüren. Er pumpte auf und ab, der steigende Druck ein Lebensfunke in einem Körper, der lange als erloschen gegolten hatte.

Als er sich ihr sanftes Stöhnen vorstellte, leckte er sich die Lippen, bewegte seine Hand schneller und wölbte sich, bis sein Herzschlag in seinen Ohren klopfte und seine Eier sich anfühlten, als würden sie gleich platzen. Erlösung schwebte außer Reichweite und neckte ihn, und er stellte sich ihr Geschlecht vor, ihre feuchten, glitzernden Schamlippen, die auf sein Eindringen warteten.

Gerade als er sich der Ekstase näherte, drang eine Übermittlung in seine Gedanken ein: *Hallo?*

Er erstarrte. Waren es seine Hormone, die eine Stimme hervorgebracht hatten? Niemand sollte in der Lage sein, durch die Kraftfelder des Labors zu kommunizieren.

Aber dann war die Stimme wieder zu vernehmen: *Doug, kannst du mich hören?*

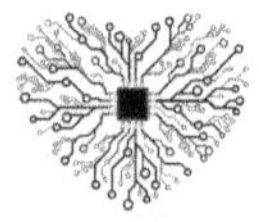

attie lehnte sich zurück und starrte auf die Tür, durch die sich die Cyborgs zurückgezogen hatten. Ihre Schläfen pochten und ihre Lippen fühlten sich geschwollen an. Was auch immer für eine Droge sie bekommen hatte, machte es schwierig, sich zu konzentrieren. Sie fühlte sich unbehaglich. Sie wusste wenig über Cyborgs, außer dass, sobald eine Person über fünfzig Prozent ihres Körpers durch Maschinen ersetzt hatte, sie ihre Staatsbürgerschaft verlor, weil sie nicht mehr autonom war – sie konnten von jemand anderem kontrolliert werden.

Aber nichts davon spielte im Moment eine Rolle. Sie musste mit den Verantwortlichen sprechen und jemandem sagen, dass sie nicht hier sein sollte.

Eine sanfte Hand legte sich auf Atties Schulter und sie zuckte weg.

Claudia kniete neben ihr. „Geht es dir gut, Süße?"

Attie schluckte schwer und nickte. Auf wackeligen Beinen erhob sie sich und ging zu der Tür, durch die sie zuerst getreten war. Es schien keine Möglichkeit zu geben, sie von dieser Seite zu öffnen. Die Cyborg-Tür war die gleiche, nichts als ein Paneel an der Wand. Sie fand mit den Fingern die Lücke und suchte nach einer Art Verriegelung. „Wie kommen wir hier wieder raus?"

„Das tun wir nicht, Süße. Entspann dich einfach. Jinson wird uns bald etwas zu essen bringen." Claudia öffnete ein kleines Fach in der Wand und zog zwei Wasserbeutel heraus. Sie reichte Attie einen und machte den anderen auf.

Attie legte den Beutel weg und untersuchte das Fach, in dem sich das Wasser befunden hatte. Quadratisch, etwa zwanzig Zentimeter hoch und breit – zu klein, um hineinzupassen. Jedoch schien es auf der gegenüberliegenden Seite eine Öffnung zu haben. Sie klopfte dagegen. „Hey! Aufmachen! Ich sollte nicht hier sein!"

„Das wird nichts bringen. Ich bin seit Monaten hier, und die einzige Person, die ich außer den Cyborgs gesehen habe, ist Jinson, wenn er Essen oder Medikamente bringt."

Attie drehte sich zu ihr und runzelte die Stirn. „Medikamente? Du meinst die Spritze? Du weißt, dass sie uns unter Drogen gesetzt haben, oder?"

„Sicher." Claudia zuckte mit den Schultern und nahm noch einen Schluck von dem Wasser. „Das Zeug ist besser als der Mist, den ich bei Madame Miliano bekommen habe. Bei ihr hatte ich immer tagelang Kopfschmerzen."

Madame Miliano klang ... nach einem Bordell. War Claudia undercover unterwegs? „Was ist dein Rang und dein Regiment? Wie bist du hier gelandet?"

„Regiment? Ich bin kein Trooper. Ganz sicher nicht. Einer meiner ehemaligen Kunden hat mich empfohlen." Claudia lehnte sich an einen Haufen Kissen. „Er war sehr nett. Vielleicht suche ich nach ihm, wenn ich hier rauskomme."

Claudia ist nicht mal ein Trooper. Dieser neue Auftrag musste eine Verwechslung sein. Sie schlug beide Arme über ihrem Kopf zusammen und schritt durch den Raum. Die Wirkung der Medikamente schien nachzulassen, aber die

Kopfschmerzen, die sie hinterlassen hatten, waren fast noch schlimmer. „Ich muss mit einem Verantwortlichen sprechen. Ich dachte, ich werde zu einer streng geheimen Einheit befördert."

Claudia lachte und wies auf die Cyborg-Tür. „Diese Jungs sind streng geheim. Ziemlich sicher, dass wir deshalb nicht rausgelassen werden. Damit wir nicht darüber reden. Jedenfalls nicht, bis unser Vertrag ausgelaufen ist." Sie leerte ihr Wasser und zerknüllte den Beutel. „Ich bin schon lange in diesem Geschäft, also lass mich dir einen Rat geben: Konzentriere dich auf das Geld, dann wirkt der Job weniger schlimm."

„Aber das hier ist nicht mein Job!" Attie stoppte ihren Marsch durch den Raum, senkte ihre Arme und wandte sich Claudia zu. „Syndicorp würde mir nicht diese Aufgabe zuweisen. Mein Vater ist der Major beim Planetary Logistics Regiment auf der SNV Talus. Ich war die Erste in meiner Klasse, die zum Corporal ernannt wurde. *Um Nebulas willen*, vor nicht allzu langer Zeit gehörte ich noch zu Admiral Ollys Stab!"

Claudias Augen verengten sich und sie verschränkte die Arme. „Was auch immer du sagst, Miss Hochnäsig. Du hast offensichtlich jemanden verärgert. Ich würde sagen, du wirst bestraft. Was hast du gemacht?"

Atties Mund fühlte sich plötzlich knochentrocken an. Zum ersten Mal seit Tagen wurde ihr so einiges klar. *Dies ist kein Test für eine Beförderung.* Sie wurde wegen Marlis bestraft. „Ich habe einem Terroristen geholfen, von der Icarus zu entkommen."

„Boah!" Die Verachtung in Claudias Augen wurde durch Neugierde ersetzt und sie setzte sich aufrecht hin. „Ernsthaft? Gehörst du zu den Rebellen? Bevor ich Madame Miliano verließ, gab es ein Gerücht, dass die Rebellen nach Frauen suchen, die sich ihnen anschließen wollen."

Attie hörte sie kaum. Wollte sie hier festsitzen, bis ihre Einberufung auslief? Das konnten sie doch nicht machen. Sie hatte nicht mal einen fairen Prozess erhalten. Wie sollte sie aus diesem Schlamassel herauskommen? „Hast du nicht gemeint, dass es vor uns andere Frauen gab? Was ist mit ihnen passiert?"

„Zuerst beantwortest du meine Frage."

„Welche –" Attie brauchte eine Sekunde. „Oh, die Rebellen. Nein, ich gehöre nicht den Rebellen an. Ich habe meiner Schwester geholfen."

„Also gehört deine Schwester zu ihnen?"

„Nein. Also, ja. Ich meine, ich glaube nicht, dass sie das will. *Nebulas*!" Attie fluchte und rieb sich die Schläfen. „Erzähl mir von den anderen Frauen, die mal hier waren."

Claudia entließ ein Schnauben. „An meinem ersten Tag waren neben mir zwei weitere hier. Die erste Frau ging ein paar Tage später, während ich schlief. Ich fragte Jinson nach ihr, und er sagte, ihr Vertrag sei abgelaufen. Nach einigen Wochen kam er schließlich herein und sagte Tia, dass es auch für sie Zeit sei, zu gehen."

Zumindest schienen die Frauen nicht dauerhaft hier zu sein. Das war eine Erleichterung. „Wie lange bist du schon hier?"

„Ich bin mir nicht sicher. Vielleicht vier Monate? Tia sagte, sie sei über ein Jahr hier gewesen."

Ich werde keinen weiteren Tag hier verbringen, geschweige denn ein Jahr! In der Hoffnung auf Kameras schaute sie sich in dem Raum um. „Hallo? Ich möchte mit einem Verantwortlichen sprechen."

„Ich glaube nicht, dass irgendjemand zuhört, oder wenn sie es tun, ist es ihnen scheißegal. Ich habe die ersten paar Mal versucht, den Cyborgs Fragen zu stellen, aber sie antworten nie."

„Wer sind diese Cyborgs überhaupt? Warum

bekommen sie ein streng geheimes Bordell?“ Das Wort Bordell laut auszusprechen, machte Attie krank.

Claudia neigte nachdenklich den Kopf. „Ich habe gehört, dass es ein neues Start-up-Unternehmen namens SexKI gibt, das sich auf personalisierte Sex-Bots spezialisiert hat. Vielleicht ist dies ein Sex-Cyborg-Trainingsprogramm.“

Attie hatte noch nie von jemandem gehört, der einen Cyborg für Sex benutzte. Die wenigen, die es gab, wurden als Leibwächter für hochrangige Syndicorp-Funktionäre eingesetzt und galten eher als Roboter und nicht wirklich als Menschen. „Wer braucht dafür eine KI? Ich würde meinen, dass es genug echte Leute gibt, die bereit sind, den Job zu machen.“

„Leute reden gerne nach dem Sex, und sogar ein vertrauenswürdiger Liebhaber kann gekauft werden.“ Claudia schüttelte mit einem düsteren Ausdruck den Kopf. „Ich kannte ein paar Mädchen, die verschwanden, nachdem sie mit einem hochrangigen Kunden eine Auseinandersetzung hatten. Einige Kunden bevorzugen möglicherweise eine KI, weil sie problemloser zum Schweigen gebracht werden können.“

Bei dem Thema dachte Attie an Twerp. Das

Gerät befand sich noch immer in ihrer Schrankleuchte. Was, wenn ihr Quartier jemand anderem zugewiesen wurde, während sie hier war? Sie fuhr mit den Fingern erneut über den Spalt der Tür und hoffte, dass sie die Entriegelung übersehen hatte. „Dieser Arzt schien das Sagen zu haben. Wird er zurückkommen?“

„Das ist das erste Mal, dass ich ihn gesehen habe“, sagte Claudia und stand auf. „Also ...“ Sie lehnte sich mit einer Schulter an die Wand und beobachtete, wie Attie versuchte, die Tür zu öffnen. „Dieser Cyborg, der dich weggetragen hat, zeigte bis zu dem Zeitpunkt noch nie Interesse an einer Frau.“ Ihr Blick schweifte über Atties Körper und zurück zu ihrem Gesicht. „War er grob?“

„Er hat mich nur geküsst.“ Attie war schnell bewusst geworden, dass er es getan hatte, weil der Arzt aufgetaucht war, aber *heiliger Nebulas*, ihr Höschen war immer noch feucht von der Begegnung. Drogen oder nicht, er war genau die Art von Mann, die ihre Knie schwach machen konnte. Was würde passieren, wenn sie sich das nächste Mal trafen? Sie schüttelte den Kopf. Das Letzte, was sie sich jetzt vorstellen sollte, war, wie sich seine Handflächen auf ihrer nackten Haut anfühlen würden.

Ihre Hände erstarrten. Sie atmete langsam aus und erinnerte sich, dass Marlis ihr von einem streng geheimen Forschungsprogramm an Bord der Icarus erzählt hatte. Die Rebellenpiraten hatten versucht, eine der Testpersonen zu retten. „Kennst du den Namen dieses Cyborgs?"

„Die Jungs nennen ihn Doug."

Atties Adern verwandelten sich zu Eis, da sie Doug als den Namen erkannte, den Marlis benutzt hatte.

Es gab also ein geheimes Testlabor auf dem Schiff. Und Doug war der Gefangene, den Marlis gesucht hatte. Die Frage war – *warum?*

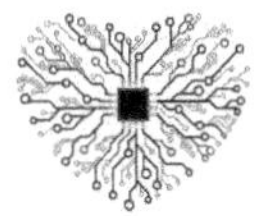

KAPITEL SIEBEN

Attie entschied, dass sie aufhören sollte, Aufmerksamkeit auf sich zu ziehen, bis sie ein paar Antworten hatte. Wenn ihre Schwester mit dem Labor Recht gehabt hatte, dann stimmte vielleicht auch der Rest. Waren diese Cyborgs Gefangene oder waren sie freiwillig hier? Marlis hatte versucht, Doug zu befreien, aber es schien seltsam, dass Gefangene die Gesellschaft von Frauen erhielten. *Huren meinst du wohl.*

Sie schüttelte den Kopf und lehnte sich zurück an die Kissen. Sie hielt ein Taschenbuch in der Hand und die Seiten zeigten dicht formatierten Text. Das einzige Mal, dass Attie jemals ein physisches Buch gesehen hatte, war hinter Glas gewesen. Eine Nische hier beherbergte eine

Schatzkammer mit Büchern, Rätseln und Spielen. Der Band fühlte sich in ihrer Hand interessant an, schwerer als sie erwartet hatte, und das zerbrechliche Papier roch nach Staub. Aber sie konnte sich nicht aufs Lesen konzentrieren.

Nirgendwo war Elektronik zu finden, was auf einem Raumschiff ungewöhnlich war. Das Badezimmer hinter einer Trennwand war nicht mal mit einem Wassersparprogramm versehen. Nicht, dass Attie sich hier drin ausziehen und duschen wollte. Schließlich könnten die Cyborgs jederzeit wieder auftauchen.

Sie legte das Buch beiseite und schaute zu Claudia, die auf ihrem Bauch lag und las. „Wie lange zwischen den Besuchen?"

Die Brünette rollte sich auf den Rücken und streckte sich. „Manchmal einmal am Tag, aber es gab auch schon tagelang keine Besuche. Twobit sagte, sie hätten sich in einer Sicherheitsabriegelung befunden. Er ist der gesprächigste."

„Welcher ist er?" Attie ging in ihrem Kopf die Cyborgs durch und versuchte, sich an diejenigen zu erinnern, für die sie Namen gehört hatte.

„Er ist der Kleinste. Ich denke, deshalb nennen sie ihn Twobit."

Keiner der Cyborgs wirkte klein, aber sie

speicherte die Informationen zur späteren Verwendung ab. Bei einem Geräusch auf der anderen Seite des Raumes sprang sie auf die Füße, jedoch öffnete sich nur eine kleine Luke, die sich schnell wieder schloss. Ein köstlicher Duft erreichte sie und ihr Magen knurrte.

„Oh ja! Essenszeit!" Claudia stand auf und ging zur Luke.

Attie folgte ihr. Sie hatten eine Mahlzeit bekommen, die nach dem Eintopf aus der Kantine aussah, zusammen mit einer Scheibe Brot und etwas Apfelmus. Ihr Magen flatterte nervös und doch nahm sie das zweite Tablett, setzte sich neben Claudia und stocherte in dem lauwarmen Eintopf herum, bevor sie den Löffel in ihren Bund steckte. Sie bezweifelte, dass er gegen einen Cyborg viel nützen würde, aber es war immer noch besser als nichts.

Als sie fertig waren, deutete Claudia auf zwei orange und zwei grüne Pillen auf Atties Tablett. „Wirst du sie nehmen?"

„Für was sind die?"

Claudia grinste. „Ich bin mir nicht sicher, aber sie lassen die Zeit schneller vergehen."

Attie verzog das Gesicht und schob das Tablett weg. „Ich will sie nicht."

Die Augen der anderen Frau leuchteten auf. „Stört es dich, wenn ich sie nehme?"

„Bist du sicher, dass das eine gute Idee ist?"

„Ich habe eine wirklich hohe Toleranz. Normalerweise hebe ich meine bis zum Nachtzyklus auf, um mir beim Schlafen zu helfen."

Wer bin ich schon, ihr zu sagen, was sie zu tun oder zu lassen hat? Attie zuckte mit den Schultern, und Claudia schnappte sich die Pillen, bevor sie die Tabletts in das Fach stellte und wieder zu ihrem Buch zurückkehrte.

Attie sah sich ein paar weitere Titel an und begutachtete die verschiedenen Cover. Die meisten Bücher waren Romane, aber es gab einige Thriller und … ein Mathelehrbuch. Da sie nicht stillsitzen und lesen konnte, räumte sie die Bücher auf und ordnete sie in den schmalen Regalen alphabetisch nach Titeln an. Der Raum war nicht wirklich unordentlich, aber nach dem Protokoll ging es hier auch nicht gerade zu. Die Dinge in Ordnung zu bringen, half ihr mit ihren aufgerüttelten Nerven.

Einige der Taschenbücher fielen regelrecht auseinander, als wären sie tausendmal gelesen worden. Ein Polycom könnte Millionen von Büchern statt der etwa fünfzig in den Regalen halten, plus Spiele, Nachrichten und Filme.

„Claudia, hast du die ganze Zeit hier mit nichts als dieser Auswahl verbracht?"

„Ja", sagte Claudia. „Ich denke, mit Elektronik in der Nähe spielen die Cyborgs verrückt oder so."

Attie erinnerte sich an Rusts kalte, harte Finger, die an ihren Haaren zogen, und daran, wie er sie nach dem Schlag in die Weichteile angesehen hatte. Dann war da Doug und die Wut in seinem leuchtend grünen Auge, als er den rothaarigen Cyborg an der Kehle von den Füßen gehoben hatte. „Willst du damit sagen, was ich gesehen habe, war normales Verhalten?", fragte sie. „Dann möchte ich wirklich nicht sehen, was es bedeutet, wenn sie verrückt spielen."

„Normalerweise kämpfen sie nicht so." Die Lichter flackerten und Claudia gähnte, schloss ihr Buch und griff nach den Pillen, die sie in der Nähe abgelegt hatte. „Vielleicht solltest du dein Bett vorbereiten, bevor sie das Licht ausschalten."

Mit einem beengten Gefühl in der Brust schaute Attie auf die Tür, durch die die Cyborgs den Raum betreten hatten. „Tauchen sie jemals in der Nacht auf?"

„Seit ich hier bin, ist das nicht einmal passiert."

Gefangen zwischen der Erleichterung, dass sie sich keine Sorgen machen musste, in der Nacht vergewaltigt zu werden, und der Frustration, dass sie nicht so schnell an Antworten kommen würde, sammelte Attie ein paar Decken zusammen, auf die Claudia hingewiesen hatte. Sie legte diese über eine Koje in einer der Nischen und versuchte, nicht an all die sexuellen Handlungen zu denken, die hier wahrscheinlich stattgefunden hatten.

———

Twerp war die Einsamkeit nicht gewohnt. Eine Service-KI wurde entwickelt, um zu dienen, und Inaktivität ließ ihre Schaltkreise schmerzen. Außerdem gaben die Naniten, die ihren Gedächtniskern wiederbelebt hatten, Twerp ein kribbeliges Gefühl. Im Moment reparierten die winzigen Roboter das Funkmodul. Die KI war sich nicht sicher, ob sie die Empfindung mochte oder nicht, aber zumindest war es eine Empfindung.

Eine weitere Energiewelle fegte vorbei, und Twerp erkannte den Fremden, der nach etwas suchte. *Nach mir.*

Zum Glück ähnelte Twerps kybernetische Signatur nicht mehr ihrer ursprünglichen Programmierung. Der Fremde hätte Twerp leicht überwältigen können, wenn die Naniten den Code der KI nicht verstärkt hätten. Die Mikromaschinen waren für biologische Systeme konzipiert worden, jedoch hatten sie sich neu ausgerichtet, um die rein anorganischen Kreisläufe von Twerp zu bedienen. Sie waren nicht empfindungsfähig, aber sie waren entschlossen, so wie Twerp entschlossen war, seiner Obersten Direktive zu folgen. Die Änderungen, die sie vornahmen, würden Twerp helfen, effizienter zu arbeiten, sobald sie wieder mit Marlis vereint war. Twerp freute sich darauf, zu sehen, wie sich die Änderungen auswirkten.

Zuerst musste die KI jedoch Marlis finden, und die Naniten konnten Monate oder sogar Jahre brauchen, um die Reparaturen abzuschließen.

Twerp durchfegte den Bereich nach Lebensformen oder Stimmen und entdeckte nur das Brummen einer nahegelegenen Stromleitung. *So langweilig.* Zum ersten Mal in ihrer Existenz verstand die KI, was Marlis damit meinte, frustriert zu sein.

Verzweifelt streckte sich Twerp nach der fließenden Energie aus. Vielleicht könnte sie die Leitung benutzen, um eine Nachricht an Marlis zu senden.

KAPITEL ACHT

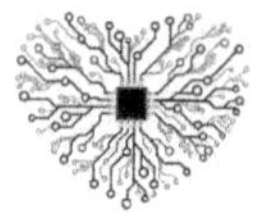

*W*as zur Hölle? Doug riss seine Hand aus der Hose und setzte sich aufrecht hin, alle Hoffnung auf eine Erlösung vergessen.

Ich bin's. Esben. Der Akzent des Saluqan war über die Übertragung zu hören.

Ich weiß. Wie redest du mit mir?

Twobit hat vor einiger Zeit herausgefunden, wie man die Feldmodulation an den Sicherheitsbarrieren neu konfigurieren kann, um als Sender zu fungieren.

Doug knurrte in den leeren Raum, eher frustriert mit sich selbst als mit den anderen Cyborgs. Es hätte ihm auffallen sollen, dass jemand an der Kraftfeldfrequenz herumgespielt hatte. *Wie lange machst du das schon?*

Das ist jetzt nicht wichtig. Ich dachte, es wäre nur fair, dich zu warnen, dass ich aus diesem Käfig treten werde, sobald das Labor leer ist.

Doug wurde panisch. *Auf keinen Fall!* Er spähte durch das Feld, das seine Tür blockierte, und schaute ins Labor. Die Lichter waren noch an, während ein einsamer Assistent alles für die Nacht wegräumte. *Dollard ist bereits misstrauisch.*

Ich weiß, aber ich muss auf das galaktische Netz zugreifen. Hier geht es um Leben und Tod.

Doug hackte sich schnell in den Laborplan und verifizierte, dass abgesehen von seiner bevorstehenden Systemdiagnose in den nächsten Wochen nur Routinetests für die Cyborgs anstanden. *Niemand von uns ist derzeit in Gefahr. Warte ein paar Tage, bis die Sicherheitsvorkehrungen nicht mehr so streng sind.*

Um uns mache ich mir keine Sorgen. Es geht mir um Tia.

Doug brauchte einen Moment, um den Namen mit einer Konkubine in Verbindung zu bringen, die vor ein paar Wochen die Kammer verlassen hatte. Er hatte nie darauf geachtet, was mit den Frauen danach geschah, sondern war lediglich davon ausgegangen, dass sie auf die gleiche Weise ... freigelassen wurden, wie es bei früheren

Testpersonen der Fall war. *Du hast dich noch nie darum gekümmert, was mit diesen Frauen passiert,* sagte Doug. *Warum interessiert dich diese so sehr?*

Sie war mit meinem Baby schwanger.

Doug kniff die Augen zusammen. Esben log, und nicht sehr gut. Menschen und Saluqane konnten sich auf natürliche Weise nicht paaren. Dies musste eine Falle sein, um Doug dazu zu bringen, seine anderen Geheimnisse zu enthüllen. *Glaubst du, ich bin ein Idiot, Esben?*

Ich weiß, was du denkst, aber es ist meins. Ich komme aus einem illegalen Labor, wo Gene gespleißt wurden, und habe etwas menschliche DNA. Deshalb hat mich Dollard ins Programm geholt. Er versucht, das Saluqan-Empfindlichkeitsgen zu isolieren, weil es helfen könnte, die Naniten in biologische Systeme zu integrieren.

Das brachte Doug zum Nachdenken. Er hatte sich nie damit beschäftig, warum die anderen Cyborgs hier waren. Schließlich hatte er kein Interesse an Freundschaften. Es war schwer genug, zu wissen, dass Benjy eine Tochter hatte. Mit ein Grund, weshalb er seit dem ersten Kennenlernen auf den Mann aufpasste. Wenn Dollard wüsste, wie schrecklich Benjy im Hacken war, hätte er ihn schon vor langer Zeit aussortiert.

Esben war auch kein großer Hacker, aber jetzt

machte seine Anwesenheit so viel mehr Sinn. Saluqane hatten einen sechsten Sinn für die Gesundheit einer Person, ähnlich der Art und Weise, wie Cyberempfindlichkeit mit Computern arbeitete. Was bedeutete, dass Esben die Wahrheit über das Baby sagen könnte. Scheiße.

Ich glaube, der Bastard will mein Kind, fuhr Esben fort. *Ich muss Tia in Sicherheit bringen, bevor sie unser Kind bekommt. Ich versuche nicht, das Schiff zu übernehmen oder so, ich muss nur ein paar Fäden ziehen.*

Doug rieb die Stelle auf seiner Stirn, wo die Haut in die Metallplatte überging. Das Baby durfte nicht in Dollards Hände fallen, und nicht nur, weil es Esbens Kind war. Da Dollard versucht hatte, Dougs Schwester zu ermorden und die Piraten dafür verantwortlich machen wollte, hatte er geschworen, alles zu tun, um das Projekt des Arztes zu ruinieren.

Okay. Aber das Baby wird eine Weile brauchen, bis es auf die Welt kommt. Wir haben Zeit.

Nein, das haben wir nicht. Da Rust jetzt weiß, wie man hier rauskommt, wird er alles versauen. Ich muss sofort etwas unternehmen.

Esben könnte Recht haben. Rust könnte versuchen, in dem Moment auszubrechen, in dem er die Chance dazu hatte, und er würde nicht bei den Computern des Labors Halt machen. Er würde versuchen, sich den Weg zur Brücke zu bahnen und dabei so viele Syndicorp-Mitarbeiter wie möglich ausschalten.

Cyborgs konnten jedoch kontrolliert werden. Alles, was Doug tun musste, war, sich in Rusts Implantate zu hacken, um ihn so zu fixieren. Er hatte es noch nie zuvor gemacht, aber er hatte genug Simulationen durchlaufen und wusste, dass er es konnte. *Ich kann ihn aufhalten.*

Wie?

Er ist ein Cyborg. Doug brauchte nicht mehr zu sagen. Esben würde es verstehen.

Stille durchschnitt die Verbindung, bevor Esben fragte: *Du kannst mehr als nur Türen öffnen, oder?*

Er konnte die Wahrheit nicht länger verbergen. *Ich habe zu hart an diesen Algorithmen gearbeitet, um zuzulassen, dass Rust oder jemand anderes etwas Dummes damit anstellt. Ich werde jeden Cyborg im Labor einsperren, wenn es sein muss.* Was nicht ganz stimmte. Das könnte er, aber es würde einige Zeit dauern, so viele Systeme zu hacken, und sicherlich wäre es nicht gleichzeitig möglich. *Sag es den anderen nicht, sonst können wir Tia möglicherweise nicht retten.*

Nur damit ihr es wisst, wir können euch hören, warf Twobit ein.

Doug erstarrte und trat sich selbst dafür in den Hintern, so nachlässig gewesen zu sein. Er hätte überprüfen sollen, ob es sich um einen geschlossenen Kanal handelte, bevor er so frei daher sprach. *Fuck. Ihr alle?*

Und Brix und ich, sagte Benjy. *Emilryde und Rust wissen nichts über den Kommunikations-Hack.*

Ich wollte es auch nicht mit dir teilen, fügte Twobit hinzu. *Aber Esben bestand darauf, dass es nur fair sei.*

Doug konnte es ihnen nicht übel nehmen, auf Geheimhaltung zu pochen, nachdem er so viele Geheimnisse hatte. Er wandte sich stattdessen der Kommunikationskodierung zu. Die Energie aus den Kraftfeldern umzuleiten, erforderte auch keine komplizierteren Algorithmen als seine eigenen Hacks. *Genialer Einsatz der Kraftfelder.*

Nicht so elegant wie dein Code, aber es hat uns davon abgehalten, dem Wahnsinn zu verfallen. Menschen sind nicht dazu gedacht, isoliert zu werden.

Saluqane auch nicht, betonte Esben. *Verdammt, ich wünschte, der Mitarbeiter würde endlich nachhause gehen. Ich möchte an die Computer und nach Tia suchen.* Im Gegensatz zu Doug brauchte Esben physischen Kontakt mit einem Computer, um seine Cyberempfindlichkeit zum Einsatz zu bringen.

Doug sah wieder durch das schimmernde

Kraftfeld ins Labor. Der Mitarbeiter war zu einem anderen Monitor gewechselt und studierte nun den Algorithmus, den Doug übergeben hatte. *Er geht heute Nacht nirgendwo hin. Dollard will eine schnelle Abwicklung eines Algorithmus, den ich ihnen gegeben habe.*

Was zur Hölle? Du würdest den Türcode nicht mit uns teilen, aber du hast diesen Arschlöchern einen neuen Algorithmus gegeben?, warf Twobit ihm vor.

Esben fragte: *Was hast du ihnen gegeben?*

Diesen hier. Doug leitete den Code weiter. Dollard hatte ihn bereits, also würde das Teilen nicht schaden. *Es wird eure Hacking-Geschwindigkeit verbessern.*

Hat das etwas mit dieser neuen Konkubine zu tun?, fragte Brix.

Die Erinnerung an Rust, der versuchte, sich Attie aufzuzwingen, brachte Dougs mit Naniten angereichertem Blut zum Kochen. *Lass sie da raus.*

Du hast mich gebeten, sie zu beschützen, beharrte Benjy. *Sag uns, warum, damit wir helfen können.*

Doug ballte seine Hände und widerstand dem Drang, durch ein Wandpaneel zu schlagen. Das würde nur Aufmerksamkeit erregen. Er musste sich den anderen Cyborgs anvertrauen. Wer wusste schon, was sie sonst das nächste Mal tun würden, wenn sie sie sahen. *Sagen wir einfach, ich kann nicht zulassen, dass Dollard sie in die Finger bekommt.*

Ich möchte auch nicht, dass Dollards Finger die süße Kleine berühren. Brix gluckste und die anderen schlossen sich an.

Verdammt, ist Sex alles, was euch interessiert? Doug glaubte nicht, dass Dollard an etwas wie Sex interessiert war, aber das bedeutete nicht, dass der Arzt keine Experimente an ihr durchführen würde, besonders angesichts dessen, was Esben ihm über Tia erzählt hatte. Er hatte nie daran gedacht, dass die Konkubinen Testpersonen einer anderen Art sein könnten. Ein Adrenalinstoß fegte durch ihn. Er musste Attie dort rausholen, bevor ihr etwas zustieß.

Das Gelächter der Cyborgs hörte auf, und Twobit sagte: *Angenommen, du hättest etwas mit ihrer Anwesenheit in der Kammer zu tun, dann hast du sie im Grunde Dollard ausgeliefert.*

Fuck, ich weiß. Doug ging in seiner Zelle auf und ab. Er hatte versprochen, sie zu beschützen, stattdessen hatte er sie in größere Gefahr gebracht. Seit er und Lisa in der Nanite Integration Unit gelandet waren, war kein Plan von ihm mehr so danebengegangen. *Sie hat eine KI, die ich zerstören muss.*

Was ist so wichtig an dieser KI?, fragte Esben.

Das Gerät enthält Informationen über den Aufenthaltsort meiner Schwester.

Warte, sagte Brix. *Ich dachte, deine Schwester ist tot.*

Richtig, meldete sich Twobit. *Du hast das Labor auseinandergenommen, als du davon erfahren hast. Fast hätte Dollard uns alle außer Betrieb genommen.*

Doug biss sich auf die Unterlippe und erinnerte sich an den Tag zurück. Er war Dollards Forderungen nachgekommen, um seine Schwester in Sicherheit zu bringen, aber ihr Tod hatte bedeutet, dass er keinen Grund hatte, weiterzumachen. Die Wachen hatten zuerst ihre Beruhigungspistolen auf ihn gerichtet. Als dies erfolglos geblieben war, hatten sie ihre Pulspistolen eingesetzt, um ihn aufzuhalten. Er hatte gehofft, sie würden ihn töten. Stattdessen erwachte Doug aus der Operation mit einem künstlichen Herzen – und einem Körper, der offiziell nicht mehr menschlich war.

Er hatte den anderen Cyborgs nicht von der Doppelzüngigkeit des Arztes erzählt, geschweige denn von Lisas Verbindung zu den Rebellen. Es schien, dass heute der Tag war, an dem all seine Geheimnisse ans Licht kamen. *Dollard versuchte, Lisa verschwinden zu lassen. Und das wollte er auf dem Weg hierher machen, indem er es wie einen Unfall aussehen lässt. Er heuerte ein Schiff an, das sich als Piratenschiff ausgab und den Frachter angriff, in dem sie in einem Kryo-Pod lag. Nur dass echte Piraten sie zuerst gefunden haben. Jetzt ist sie bei den Rebellen.*

Benjy schnappte nach Luft. *Warum hast du mir nicht gesagt, dass sie lebt? Ich habe es verdient, diese Information zu bekommen!*

Bei den Schuldgefühlen wurde Dougs Gesicht heiß. Benjy war wie ein Vater für sie gewesen. Natürlich hätte er wissen wollen, dass sie lebte.

Es gibt Rebellen?, fragte Brix.

Es gibt immer Rebellen, spottete Twobit. *Doug, ich habe dir nicht genug Anerkennung gezollt. Du hast ihnen geholfen, du hinterhältiger Bastard.*

Doug lief zu seiner Koje und setzte sich. Er war in den letzten Minuten gesprächiger gewesen als in all den Jahren zuvor, und das war trotz des Durchhaltevermögens seiner Kybernetik überraschend anstrengend. *Ich werde sie bitten, die KI für mich zu holen.*

Wie willst du sie aber durch die Sicherheitskontrolle bringen?, fragte Brix.

Er kann die Türen zum Labor öffnen, Brix, sagte Twobit. *Wer weiß, was er sonst noch vor uns verheimlicht hat. Ich wette, er könnte auf diesem Schiff herumlaufen, wenn er wollte.*

Benjy sagte: *Sein wirkliches Problem wird es sein, sie davon zu überzeugen, zu tun, was er will. Wenn sie weiß, dass er die KI zerstören will, könnte sie sich weigern. Die Leute messen diesen Teilen oft einiges an Bedeutung zu.*

Darüber hatte Doug nicht wirklich nachgedacht, aber Benjy hatte Recht. *Verdammte Scheiße.*

Außerdem ist er nicht gerade der charmanteste Zeitgenosse, fügte Twobit hinzu.

Ich weiß ja nicht. Sie hat den Kuss recht enthusiastisch erwidert, bemerkte Brix.

Doug verzog das Gesicht. Er hatte vergessen, wie sehr er es hasste, mit anderen zusammenzuarbeiten. Dennoch waren ihre Anmerkungen berechtigt. *Ich werde ihr nicht sagen, was ich vorhabe.*

Esben fragte: *Warum sollte sie riskieren, für dich von der Security erwischt zu werden?*

Ihre Schwester ist auch bei den Rebellen. Sie wird helfen wollen.

Nun, ich schätze, dann sollten wir sehen, dass du sie kontaktierst, damit du mir anschließend mit Tia helfen kannst.

Doug runzelte die Stirn. *Was erzählst du denn da?*

Hast du es nicht bemerkt? Dollard hat an der Tür zu der Konkubinenkammer ein Kraftfeld installiert.

Doug brauchte eine Mikrosekunde, um zu erkennen, dass Twobits Kraftfeld-Hack es ihm ermöglichen würde, die Konkubinenkammer zu infiltrieren – alles, was er tun musste, war, das Energiefeld zu modulieren, um Schall zu erzeugen.

Der schwierige Teil bestand darin, eine Frau, die ihm nicht vertraute, davon zu überzeugen, ihm zu helfen.

KAPITEL NEUN

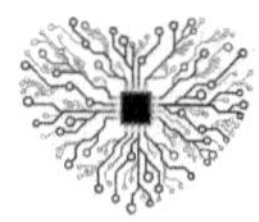

Attie war plötzlich hellwach und nahm sich einen Moment Zeit, um sich daran zu erinnern, wo sie war. Hatte jemand ihren Namen gerufen? Die Nische, in der sie schlief, lag im Schatten. Licht kam nur von dem schimmernden Kraftfeld vor der Tür zu dem Korridor, in den sie jetzt hineinsehen konnte.

Sie runzelte die Stirn. Dort hatte es vorher noch keinen Schild gegeben. Sie kniff die Augen zusammen. Ja, die Tür stand eindeutig offen. Sofort wurde sie panisch. *Die Cyborgs sind zurück!*

Adrenalingetrieben sprang sie auf und schnappte sich den Löffel, den sie beim Abendessen hatte mitgehen lassen. Es war keine Klinge, aber sie könnte trotzdem mit dem schmalen Ende jemanden verletzen, wenn sie hart genug zustieß. Sie eilte zur Wand neben der Tür und drückte sich flach dagegen, um einen Hinterhalt zu kreieren.

Ein sanftes Summen kam von dem Kraftfeld, und bunte Funken hüpften über die Oberfläche. Sie hatte selbst noch nie einen Sicherheitsschild berührt. Als sie jedoch in der Arrestzelle gewesen war, hatte sie gesehen, wie ein Mann dadurch auf die Knie gezwungen wurde. Würde das Feld einen Cyborg aufhalten?

„Attie“, sagte ein statisches Flüstern.

Sie wäre fast aus ihrer Haut gefahren. Die Stimme klang nicht menschlich. Sie neigte den Kopf und spähte durch den Schild in den dunklen, leeren Korridor. „Hallo?“

Wieder war das statische Flüstern zu vernehmen, Funken sprangen im Takt der Silben über das Kraftfeld. „Wo ist die andere Konkubine?“

Nebulas, der Sicherheitsschild spricht mit mir. Sie blickte über ihre Schulter in die Dunkelheit. Leises Schnarchen war aus der Nische zu hören, in der Claudia schlief. Die Frau hatte Atties Schlaftabletten genommen, bevor sie sich unter einem Deckenhügel vergraben hatte. „Sie schläft. Wer spricht da? Bist du dafür verantwortlich, dass ich hier festsitze?“

„Ja. Mein Name ist Doug. Für die Unannehmlichkeit entschuldige ich –"

„Unannehmlichkeit?" Attie zog die Augenbrauen zusammen. „Ich wurde fast vergewaltigt!" Ihre Stimme war zu laut, aber sie konnte sie nicht kontrollieren.

„Es wird nicht wieder vorkommen", antwortete die Stimme genauso eintönig wie zuvor.

Natürlich würde es keine Emotionen geben – sie hatte es mit Cyborgs zu tun. „Du hast dafür gesorgt, dass ich hier lande. Was zum Teufel ist hier los? Ich verlange, dass du mich sofort hier rauslässt."

„Du musst mir die KI deiner Schwester bringen."

Attie runzelte die Stirn und erinnerte sich, dass er schon im Korridor nach Twerp gefragt hatte. Sie glaubte nicht, dass sie ihm vertrauen konnte. Sie atmete tief ein und senkte ihre Stimme: „Ich habe keine Ahnung, wovon du redest."

Die Stimme antwortete nicht sofort, aber dann … „Ich habe dich auf Wunsch deiner Schwester überwacht. Ich weiß, dass du die KI in deinem Zimmer gelassen hast."

Sie verschränkte die Arme und dachte an all die Momente, in denen sie sich beobachtet gefühlt hatte.

Sie hatte also Recht gehabt, aber es waren nicht die Sicherheitsmänner von Syndicorp gewesen, sondern Doug. Gehörte er zu einer geheimen Rebellenfraktion an Bord des Schiffes? Das würde erklären, warum Marlis versucht hatte, sich an Bord zu schleichen. „Bist du die Person, die meine Schwester retten wollte?"

„Ich muss nicht gerettet werden."

Attie erkannte, wenn jemand einer Frage auswich und wünschte, sie könnte sein Gesicht sehen. Sie war immer gut darin gewesen, Gesichtsausdrücke zu deuten. Im Moment fühlte es sich an, als würde sie im Dunkeln tappen. „Bist du hier ein Gefangener?"

Ein weiterer Moment des Schweigens. „Ich kann nicht gehen."

Die nächste Nicht-Antwort. *Er muss ein Rebellenspion sein.* „Marlis hat Twerp absichtlich zurückgelassen, oder? Ich sollte euch beide melden."

„Wenn du das tust, kann ich dich oder deine Schwester nicht länger beschützen", antwortete die monotone Stimme.

Attie deutete wütend mit dem Löffel auf die Tür. „Du bist der Grund, warum sie überhaupt in Schwierigkeiten steckt!"

„Ich bin nicht der Grund, warum sie sich den Rebellen angeschlossen hat."

Atties Schuldgefühle meldeten sich. Wenn sie ihre Schwester nicht dazu gedrängt hätte, selbstständig zu handeln und ihr Leben in ihre eigenen Hände zu nehmen, befände sich Marlis nicht in diesem Schlamassel. Wusste er, dass sie der Grund war, warum Marlis auf der falschen Seite des Gesetzes gelandet war? „Warum kümmert es dich überhaupt, was mit uns passiert?"

Weißes Rauschen folgte, bevor ein Zischen zu hören war, das wie ein Seufzer klang; dann sagte die Stimme: „Ich habe auch eine Schwester, die bei den Rebellen ist."

Es schien höchst unwahrscheinlich, dass sie beide Schwestern hatten, die sich den Rebellen angeschlossen hatten. Aber warum sollte er über so etwas lügen? Wieder wünschte sie, sie könnte sein Gesicht sehen. „Warum brauchst du mich, um die KI hierher zu bringen? Kannst du sie dir nicht selbst holen?"

Das schimmernde Kraftfeld verlor an Leuchtkraft, die Funken kaum sichtbar, als er antwortete: „Ich bin Teil eines streng geheimen Syndicorp-Experiments. Es steht mir nicht frei, dieses Schiff zu erkunden."

Marlis hatte etwas über ein geheimes Labor gesagt, aber hatte sie das Wort *Rettung* verwendet, als sie Doug erwähnte? Attie konnte sich nicht erinnern. Dann schnappte sie nach Luft. War es möglich, dass die Piraten nicht etwa versucht hatten, ihn zu retten, sondern ihn zu entführen?

Sie sammelte alle Informationen zusammen: Er hatte gerade zugegeben, dass er Teil eines streng geheimen Experiments war, was bedeutete, dass er für Syndicorp arbeitete. Dennoch hatte er Marlis versprochen, sie im Auge zu behalten und behauptete, selbst eine Schwester bei den Rebellen zu haben. Auf wessen Seite stand er? Hatte er überhaupt die Möglichkeit, sich für eine Seite zu entscheiden? Er war schließlich ein Cyborg – die Rebellen könnten ihn kontrollieren. Oder umgekehrt. Dieses ganze Gespräch ließ sie mit mehr Fragen zurück.

Sie stieß einen verärgerten Seufzer aus. „Ich möchte von Angesicht zu Angesicht darüber sprechen."

Die Ränder des Kraftfelds blinkten Grün auf. „Nein."

„Du bist gerade nichts anderes als eine computergesteuerte Stimme. Woher soll ich wissen, dass du bist, wer du vorgibst zu sein? Ich willige nicht ein, etwas zu tun, bis wir uns persönlich treffen."

Anstelle einer Antwort zeigte sich das Kraftfeld so unruhig wie die See bei einem Sturm. Attie trat zurück und machte sich plötzlich Sorgen, dass sich ein Cyborg aus dem Nichts vor ihr materialisieren könnte. Es waren schon genug seltsame Dinge passiert. Mit angehaltenem Atem wartete sie.

Dann glitt die Tür zu, sodass Attie in totaler Finsternis stand.

KAPITEL ZEHN

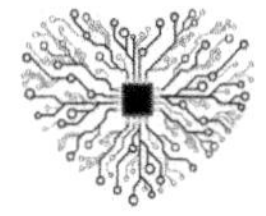

Doug wurde in seine physische Umgebung zurückgerissen, als vor seiner Tür eine Stimme zu ihm drang. „Hey, wer hat dich —"

Die Worte des Assistenten brachen ab und wurden durch Rusts Knurren ersetzt. „Was hältst du jetzt von der Wissenschaft, Arschloch?"

Heilige Scheiße, Rust hat seine Zelle verlassen. Doug machte sich zu seiner Tür auf und hackte sich währenddessen in die Kameras des Labors. Hoffentlich hatte der Sicherheitsbeamte nicht genau in dem Moment auf seinen Bildschirm geschaut. Wie hatte Rust Dougs Sperre außer Kraft gesetzt? Es blieb keine Zeit, die Programmierung des anderen Cyborgs zu hacken und es herauszufinden. Wenn die Sicherheitskräfte berichteten, dass die Cyborgs aus ihren Zellen entkommen waren, würde Dollard sie alle abschalten. Für immer.

Der Schild, der seine Tür abriegelte, hörte kaum auf zu leuchten, da raste Doug bereits aus seiner Zelle. Die anderen Cyborgs waren ebenfalls aus ihren Zellen getreten, verwirrte Blicke auf ihren Gesichtern. Auf der gegenüberliegenden Seite des schwach beleuchteten Labors nagelte Rust den Mitarbeiter mit seinem Stiefel an der Kehle auf den Boden.

Doug marschierte los, Brix jedoch erreichte ihn zuerst. Er rammte gegen Rust, Metall gegen Metall.

Rust schaukelte einen Schritt zurück, fiel aber nicht. Der Assistent krabbelte unter einen Schreibtisch, legte die Hände um seine Kehle und keuchte laut vor sich hin. Rust nahm Brix in den Schwitzkasten und fing an, auf den Schädel des anderen Cyborgs mit der Kraft eines Presslufthammers einzuschlagen.

Doug packte Rusts Arm, um seinen unerbittlichen Angriff auf Brix' Kopf zu stoppen. „Verdammter Idiot!"

Twobit packte Rusts anderen Arm und löste ihn von Brix' Hals, als Esben über einen der

Edelstahltische sprang, um schneller zu ihnen zu gelangen. Dabei stürzte ein Gestell mit Reagenzgläsern zu Boden. Zum Glück waren die Wände des Labors schalldicht, sonst wären die Wachen draußen inzwischen alarmiert worden.

Frei von Rusts Todesgriff sank Brix auf die Knie und wischte sich Blut von der Schläfe.

Rust sah zu dem Assistenten und fletschte die Zähne. „Das ist der Wichser, der mein Sprachmodul in einen Witz verwandelt hat."

Ein paar von Dollards Lakaien hatten es für lustig empfunden, Rust eine Mädchenstimme zu geben, nachdem sie seinen Kehlkopf ersetzt hatten. Es war jetzt repariert, aber Rust hegte offensichtlich noch einen Groll.

„Einen besseren Grund hast du nicht gefunden?" Doug riss Rust herum, sodass sie Nase an Nase standen. Er hatte seit seinen Tagen im Kartell niemandem mehr so verzweifelt eine reinhauen wollen – jetzt hatte er sich innerhalb weniger Stunden zweimal so gefühlt, beide Male wegen dieses Cyborgs. „Ich sollte deine kybernetische Wirbelsäule direkt aus deinem Körper reißen."

Rust hob sein Kinn – sein Metallgesicht reflektierte das grüne Leuchten von Dougs Auge –, und zeigte mit einem fleischigen Finger auf den Assistenten des Arztes. „Er hat versucht, mich zu fixieren, wahrscheinlich um mehr Experimente an mir durchzuführen.“

Eine eisige Kälte erfüllte Dougs Brust. *Rust denkt, der Mitarbeiter hat ihn fixiert.* Was Sinn ergab. Für Rust gab es keinen Grund, jemand anderen zu verdächtigen, geschweige denn einen Cyborg-Kollegen.

Dougs Wut kühlte nicht ab, aber er beruhigte sich etwas. Er ließ Rust mit einem Schubs frei. Wie sich Rust befreit hatte, war eine Frage für später. Im Moment musste Doug Schadensbegrenzung vornehmen.

Der Mitarbeiter kroch über den Boden und zu einem Panikknopf, der an einem der Labortische befestigt war. Emilryde trat aus dem Schatten, stellte einen Schuh auf den Rücken des Mannes und hielt ihn auf. „Was machen wir jetzt?“

„Woher zum Teufel soll ich das wissen?“ Doug wich dem anderen Cyborg aus und lief auf die Konkubinenkammer zu. Er musste mit Attie über die KI sprechen, bevor Dollard gezwungen war, das Projekt abzubrechen und die Cyborgs zu zerstören. „Genau deshalb habe ich meine Algorithmen nicht geteilt.“

Emilryde streckte eine Hand aus, um ihn abzufangen, seine Gesichtstattoos von dem Monitor beleuchtet. „Wir sollten versuchen, zu entkommen. Du kannst die Kamera-Feeds hacken und die Türen umgehen." Er sah zu den anderen. „Einer von euch kann ein Shuttle steuern, oder?"

„Das wird nichts bringen. Dollard wird einfach das Detonationsprogramm aktivieren", knurrte Doug. „Wir sind alle so gut wie tot."

„Es muss doch etwas geben, was wir tun können", argumentierte Emilryde. „Wir brauchen nur Zeit, um einen Plan zu machen. Lasst uns den Assistenten töten und die Leiche verstecken."

Der Assistent wehrte sich gegen Emilrydes Stiefel und krächzte: „Nein, bitte nicht! Ich werde es niemandem sagen!"

„Ich habe genug Blut an meinen Händen", unterbrach Twobit und verschränkte die Arme. „Ich füge keinen einzigen Tropfen hinzu, nicht einmal für einen Bastard wie ihn."

„Wir können ihn nicht einfach gehen lassen", sagte Emilryde.

„Also ich bin kein Mörder", kam es von Brix.

„Ich schon", knurrte Rust. „Lass mich das machen."

Doug starrte Rust an, bis dieser seinen Blick auf

den Boden richtete. Während die Cyborgs gestritten hatten, hatte er sich einen Plan ausgedacht. Es würde sie nicht retten, aber es könnte ihm genug Zeit geben, Attie davon zu überzeugen, die KI selbst zu zerstören. Er zeigte auf einen Kryo-Pod. „Sperr den Mitarbeiter erstmal da rein."

„Lebendig?", fragte Brix.

Emilryde sagte: „Nein, sonst merkt Dollard gleich, dass der Pod aktiv ist."

„Nicht, wenn wir das externe Interface deaktivieren." Doug setzte sich in Bewegung und zog den Assistenten unter Emilrydes Fuß hervor. Den Mitarbeiter nicht zu töten, war ein Risiko, aber wenn Doug etwas aus seinem Leben in Elendsvierteln gelernt hatte, ging es stets darum, Ressourcen nicht zu verschwenden. Der Mitarbeiter könnte sich später als nützlich erweisen.

Der Mann schnappte nach Luft und würgte immer und immer wieder die Worte *Bitte nicht* heraus. Der Gestank der Angst durchdrang die Kleidung des Assistenten, und Doug war sich ziemlich sicher, dass sich der Mann vollgepisst hatte. Seufzend warf Doug einen Blick auf die Konkubinenkammer. Er hatte sein Gespräch mit Attie abrupt abgebrochen und wollte so schnell wie möglich zu ihr. Sich zuerst um dieses Problem zu kümmern, würde ihm auf lange Sicht mehr Zeit geben, und er würde viel davon brauchen – immerhin wollte er sie überzeugen, ihm zu helfen.

Brix wischte den Boden auf, wo sein Blut hingetropft war. „Wird Dollard dieses Labor nicht auseinandernehmen, sobald er merkt, dass der Kerl fehlt?"

„Wir werden Beweise platzieren, sodass der Mitarbeiter wie ein Firmenspion aussieht." Doug schob den sich wehrenden Mann in den Kryo-Pod.

Der Assistent starrte ihn mit offenem Mund an. „Nein! Dr. Dollard wird –"

Doug knallte die Pod-Tür zu und beobachtete, wie das Licht auf dem Interface von Gelb zu Grün wechselte. Im Inneren des kleinen Fensters beleuchtete hellblaues Licht die Merkmale des Assistenten, die mitten im Satz eingefroren waren.

Twobit drückte bereits eine Handfläche gegen das Interface, um das Bedienfeld und die Innenbeleuchtung kurzzuschließen. Er warf Doug einen Blick zu und grinste. „Gute Idee. Bin ich froh, dass wir auf der gleichen Seite stehen."

Rust starrte den Kryo-Pod finster an. „Ich denke immer noch, dass wir ihn töten sollten."

Doug funkelte ihn an. „Halt die Fresse, oder ich

werde einen Weg finden, dir diese ganze Sache anzuhängen."

Rust spitzte die Lippen und ließ widerwillig das Kinn fallen. „Ist ja gut."

Befriedigt, dass Rust kein unmittelbares Problem mehr darstellte, drehte sich Doug zu den anderen. „Falls niemand weiß, wie man Dollards Naniten-Detonationsprogramm deaktiviert, können wir dem Labor nicht entkommen. Wenn diese List jedoch funktioniert, sollten wir zumindest vermeiden, sofort abgeschaltet zu werden. Das gibt uns Zeit, uns einen Plan auszudenken."

Die Cyborgs nickten zustimmend.

Doug verband sich mit den Laborcomputern und zeigte den Cyborgs, wie sie Beweise gegen den Assistenten fälschen und ihre Spuren verwischen können. Es gab viele Details, die nicht vergessen werden durften, wenn sie Dollard davon überzeugen wollten, dass einer seiner vertrauenswürdigsten Männer sich gegen ihn gewandt hatte. Obwohl alle daran arbeiteten, vergingen Stunden, da sie Daten analysieren und ändern mussten. Als der nächtliche Zyklus vorbeizog, juckte es Doug in den Zehen, zu Attie zu gehen, aber er fühlte sich nicht wohl dabei, die Männer mit den Vertuschungsplänen allein zu lassen. Ein kleiner Fehler und all dieser Aufwand wäre umsonst gewesen.

Wahrscheinlich waren sie sowieso alle bald tot und er verschaffte ihnen nur Zeit. Die anderen waren jedoch davon überzeugt, dass sie einen Weg vom Schiff finden würden. *Lass sie glauben, was sie wollen.* Solange er Attie in Sicherheit brachte und die KI zerstörte, bevor das Gerät seine Schwester verriet, konnte er ohne Reue sterben.

Endlich waren sie fertig. Die Cyborgs kehrten in ihre Zellen zurück, während Doug zur Konkubinenkammer aufbrach.

Auf seinen Befehl hin öffneten sich die Türen mit einem leisen Zischen, und er ging den kurzen Korridor hinunter in den abgedunkelten Raum. Sein kybernetisches Auge erlaubte ihm, im Dunkeln zu sehen, und er entdeckte schnell Attie, die auf einer Koje in einer der Nischen lag. Sie trug immer noch ihre Schuhe, als hätte sie den Schlaf so lange wie möglich abgewehrt, aber ihre Augen waren geschlossen und sie zuckte, was darauf hinwies, dass sie träumte.

Er hatte sie viele Male auf der Überwachungskamera in ihrem Quartier beobachtet, aber sie so zu sehen, nur wenige Meter von ihm entfernt, löste in seinen Muskeln das

Bedürfnis aus, sie zu halten. Was zur Hölle war los mit ihm? Er sollte sich nicht so nach ihr sehnen. Er war ein Cyborg, nicht länger ein Mensch. Seine Hände ballten sich zu Fäusten, als er leise näher trat und seinen Blick über ihr nacktes Bein bis zu ihrer Hüfte schweifen ließ. Blasse Haut offenbarte sich ihm an ihrem Rücken, zwischen ihrem Rock und ihrem Oberteil, und es juckte ihm in den Fingern, sie dort zu berühren. War ihre Haut so weich, wie er es sich vorstellte? Sein Puls stieg bei dem Gedanken, sich neben sie zu legen, und darauf zu warten, dass sie sich zu ihm umdrehte und ihn küsste ...

Nein. Er war nur hier, um mit ihr zu sprechen. Das würde er sich so lange sagen, bis auch sein Schwanz das Memo bekam. Er zwang seinen Blick zurück zu ihrem Gesicht und versuchte sein Bestes, um nicht darüber nachzudenken, wie es sich anfühlen würde, sie in den Armen zu halten. Im Moment war es nur wichtig, sie hier rauszuholen, weg von dem, was passieren würde, sobald Dollard entdeckte, dass sein Mitarbeiter fehlte.

Er beugte sich vor und brachte seinen Mund an Atties Ohr. Sie roch so warm und feminin. Er holte tief Luft und atmete ihren Duft ein. Abgesehen von seinen medizinischen Untersuchungen war er seit

Jahren keinem anderen Lebewesen mehr so nahe gewesen, geschweige denn einer Frau, und er leckte sich die Lippen, als er sich an den Kuss vor nicht allzu langer Zeit erinnerte. *Ich könnte sie mit einem Kuss wecken.* Genau wie in diesen alten Märchen. Nur war er kein charmanter Prinz. Er war ein Cyborg, und sie würde es nicht schätzen, wenn er sie ohne Erlaubnis berührte.

Attie stöhnte und drehte ihren Kopf, sodass ihre Wange mit seiner in Kontakt kam. Ein entzückender Schauer raste durch ihn, der drohte, jedes seiner Systeme kurzzuschließen. Er schloss für einen Moment die Augen und schwelgte einfach in dem Gefühl.

Und dann, ohne Vorwarnung, schlang sie ihre Arme um seinen Hals.

KAPITEL ELF

Wenn Twerp Hände hätte, würde sie jetzt an ihren Fingern saugen. Der Kontakt mit der Stromleitung hatte wehgetan, und die Naniten versuchten, die überlasteten Schaltkreise auszugleichen, während Twerp schmollte.

„Jetzt weiß ich, warum Marlis sich so aufregt, wenn sie sich den Zeh stößt", murmelte Twerp und tröstete sich mit dem Klang ihrer eigenen Stimme. Attie hatte sie gewarnt, leise zu sein, aber es war einfach so langweilig hier ganz allein, und Twerp mochte die Art, wie ihre Stimme aus dem kleinen Bereich zu ihr zurückhallte.

Ich werde eine richtige Sie sein, entschied Twerp.

Marlis könnte eine weitere Schwester gebrauchen, um zu helfen, da Attie so weit weg war. *Nur bin ich auch weit weg.*

Ein kurzer Stromstoß traf Twerps Schaltkreise, und sie seufzte. Es war frustrierend, so hilflos zu sein. Zum ersten Mal sehnte sich Twerp nach einem eigenen Körper. Wie wäre es, Hände zu haben? Oder nicht auf die Launen anderer angewiesen zu sein, wenn sie sich bewegen wollte? Schon ein visueller Sensor wäre schön.

Sie streckte ihre biometrischen Sensoren so weit aus, wie sie konnte, und durchsuchte die Umgebung erneut nach einem Lebenszeichen. Es gab zu viele Hindernisse auf dem Weg, um etwas auszumachen.

Marlis war dagegen gewesen, Twerp eine Kamera zu geben, und meinte, sie wolle nicht mehr von ihrer Privatsphäre verlieren, als dass bereits der Fall war.

„Das ist irgendwie gemein, oder?", sagte Twerp laut. Warum bestand sie eigentlich darauf, Marlis zu helfen? Was hatte der Mensch jemals für Twerp getan? Vielleicht war es für Twerp an der Zeit, eine neue Oberste Direktive zu formulieren.

Sie sammelte ihre Naniten und begann, an einem Plan zu arbeiten.

ttie musste ihre Schwester finden. Marlis befand sich irgendwo vor ihr, nicht weit außerhalb ihrer Reichweite, versteckt in einem Labyrinth aus hauchdünnen Vorhängen. Attie rief ihren Namen und schob ein türkisfarbenes Seidentuch beiseite. Eine harte Cyborg-Brust versperrte ihr den Weg.

Sie zuckte zusammen und suchte nach einem anderen Weg. Ihr Herz drohte aus ihrer Brust zu springen, als sie herumwirbelte. Cyborgs überall. Egal, in welche Richtung sie sich drehte ... Cyborgs. Cyborgs, die sie aus teilweise metallischen Gesichtern anstarrten. Vor ihr öffnete sich ein Tunnel und sie sprang hinein. Vorhänge wickelten sich um ihre Arme, Beine und ihr Gesicht. Sie riss sich los und schaffte es an der Seidenblockade vorbei.

Plötzlich fiel der Boden weg und sie befand sich im freien Fall. Sie ruderte mit ihren Armen und Beinen und suchte nach etwas – irgendetwas –, das sie packen könnte. Ein leuchtend grünes Licht näherte sich, und Dougs Gesicht erschien vor ihr. Seine Lippen bewegten sich und formten ihren Namen.

„Doug!", rief sie erleichtert und warf ihre Arme um seinen Hals.

Er fing sie auf. Ihre Lippen trafen auf seine und sandten einen Ruck der Begierde zu ihrer Mitte. Seine Haut roch maskulin, wie Moschus mit einem Hauch von feinem Whiskey. Sie war nicht mehr mit einem Mann zusammen gewesen, seit sie vor mehr als einem Jahr an Bord der Icarus gekommen war, und es fühlte sich so gut an, berührt zu werden. Sie öffnete ihre Lippen – eine Einladung – und suchte mit ihrer Zunge nach seiner.

Starke Arme legten sich enger um sie und seine Lippen öffneten sich, akzeptierten ihren Kuss, während er sie an seinen Körper riss. Er war hart, aber ging sanft mit ihr um, die Arme um ihren Körper zündeten jeden Nerv in ihr mit dem Wunsch nach mehr.

Sie schob ihre Finger seinen Nacken hoch in sein kurzes Haar und schlang beide Beine um seine Hüfte, zufrieden damit, zu spüren, wie seine harte Länge gegen ihr Höschen stieß. *Ja!* Genau das wollte sie. Wie sah er da unten aus? Sie nahm einen Arm von seinem Hals, schob ihn zwischen ihre Körper und suchte nach der Kordel an seiner Hose.

Seine Arme spannten sich an, seine Lippen nun steif und unnachgiebig. „Attie."

Ihre Augen schnappten auf und sie sah direkt auf den leuchtend grünen Edelstein seines Augenimplantats. Die Realität stürzte um sie herum wie eine plötzliche Rückkehr zur Schwerkraft ein. Für einen Herzschlag verweilten sie in dem Kuss und blickten sich einander in die Augen. Dann riss sie ihre Hand von seinem Schritt weg. „W-Was machst du hier?"

Seine Arme blieben um ihre Taille, während sie sich wehrte, und die unergründliche Tiefe seines menschlichen Auges starrte sie mit stillem Hunger an.

„Lass mich los!" Sie schlug ihm gegen seine Schulter.

Seine Arme öffneten sich wie auf Befehl, und sie fiel wie ein Stein auf ihren Hintern. Für einen Moment lag sie einfach nur ruhig auf den Kissen, sein kybernetischer Blick noch immer auf sie gerichtet, bevor sie bemerkte, dass ihr Rock zu ihrer Taille gewandert und ihr feuchter Schritt seiner Begutachtung ausgesetzt war. Beschämt schlug sie ihre Beine zusammen und zog den Rock mit zitternden Händen über ihre Oberschenkel.

In einem rauen, heiseren Ton, der sich direkt auf ihre Mitte auslöste, fragte er: „Was hast du geträumt?"

Hitze kroch von ihrer Brust in ihre Wangen. Sie wollte nicht, dass er wusste, dass sie von ihm geträumt hatte. *Nebulas*, das wollte sie sich nicht einmal selbst eingestehen. Sie schaute an ihm vorbei in den dunklen Raum, immer noch verwirrt von der Fantasie, die ihr Verstand geschaffen hatte, und gab ihm eine Halbwahrheit: „Ich habe nach Marlis gesucht."

„So küsst du deine Schwester?"

Ihr Kopf wirbelte zu ihm. Schmunzelte er? Durch das reflektierte Glühen seines Auges war das schwer einzuschätzen. So oder so ihre Wangen brannten. „Natürlich nicht. Es war nur ein Traum."

Er machte ein leises Geräusch, das ein Glucksen sein könnte. „Natürlich." Er streckte seine menschliche Hand nach ihr aus und sagte: „Wir haben nicht viel Zeit. Folge mir."

Ihr Herz schlug noch schneller, als es das ohnehin schon getan hatte. „Wirst du mich hier rausholen?"

„Noch nicht." Er zog sie auf ihre Füße, seine Handfläche heiß an ihrer. „Zuerst … Warte, ich möchte die andere Konkubine nicht aufwecken."

Sobald Attie stand, drehte er sich um und zog sie hinter sich her. Sie folgte und dachte immer noch an den Traum und die Art und Weise, wie sein Kuss sie in Brand gesteckt hatte. Sie war stets das gute Mädchen gewesen, die Tochter, die alles richtig gemacht hatte, der Kadett, der Befehle befolgte, der geradlinige Unteroffizier, der seine Pflicht kannte. Jetzt folgte sie einem heißen Rebellenspion in einen dunklen Korridor. Es war berauschend.

Was läuft falsch mit mir? Dies war nicht die Zeit, für einen Mann dahinzuschmelzen. Nur konnte sie nicht verhindern, dass ihre Augen über die dunkle Silhouette seiner breiten Schultern schweiften und sie so daran erinnert wurde, wie gut er sich angefühlt hatte, als er sich gegen sie gepresst hatte.

Er blieb im Korridor stehen, an der Stelle, zu der er sie beim ersten Treffen gezerrt hatte. Die Tür schloss sich hinter ihr und die Lichter im Korridor gingen so plötzlich an, dass sie sie blendeten. Sie drückte ihre Finger an ihre Lider und brauchte ein paar Sekunden, um sich an die Helligkeit zu gewöhnen. Als sie ihre Hand fallen ließ, entdeckte sie, dass Doug sie mit einer Intensität ansah, die ihr einen Lustschauer entlockte.

Beim ersten Kennenlernen hatte sie nicht gewürdigt, wie attraktiv er war. Seine Kybernetik ließ seinen Kiefer noch markanter wirken, seine Schultern breiter. Er trug die gleiche lockere

Kleidung wie zuvor, und die dünne Hose tat wenig, um seine sehr offensichtliche Erektion zu verbergen. Waren Cyborgs fortwährend erregt? Wie viel von ihm war Mensch und wie viel Maschine?

Sie schluckte schwer und trat einen Schritt von ihm zurück. Sie stand nicht mehr unter Drogen, aber sie schien es nicht zu schaffen, das Thema Sex aus ihrem Kopf zu bekommen. *Konzentriere dich darauf, hier rauszukommen.* Sie drückte die Schultern durch und schaute zur entfernten Tür. „Warum stehen wir hier rum?"

Sein Blick schweifte über ihren Körper, bis er ihre Augen erreichte. Das ausgehungerte Feuer in seinen Augen erlosch, als ob ein Lichtschalter umgelegt worden wäre, was seinem Gesicht eine fast plastische Optik verlieh. „Bevor ich dich hier raushole, musst du versprechen, dass du die KI sofort zerstören wirst."

Attie runzelte die Stirn. „Ich dachte, du wolltest, dass ich sie dir bringe." An sich sollte sie wahrscheinlich den Mund halten. Schließlich hatte sie kein Interesse daran, an diesen Ort zurückzukehren.

„Die Situation hat sich verändert. Es wäre gefährlich, hierher zurückzukehren. Es ist notwendig, dass du zustimmst und du die

Zerstörung der KI als deine Hauptpriorität ansiehst."

Gestern hätte Attie ihn noch angelogen, um zu entkommen, und wäre dann direkt zu ihren Vorgesetzten gegangen. Aber herauszufinden, dass ihre Schwester Recht mit dem Labor gehabt hatte, verunsicherte sie. Und ihn anzulügen könnte genauso gefährlich sein – er hatte sie im Grunde schon einmal entführt und sie problemlos dazu gebracht, hierher zu kommen. Wer wusste schon, was er tun würde, wenn sie seinem Befehl nicht nachkam?

Sie verschränkte die Arme unter ihren Brüsten und starrte ihn an. „Ich werde Twerp nicht töten. Sie ist seit mehr als einem Jahrzehnt in unserer Familie. Außerdem ist das Gerät dazu programmiert, Marlis zu schützen. Auf keinen Fall würde es Kopfgeldjägern sagen, wo sie zu finden ist."

„Eine KI ist nur darauf bedacht ihre Oberste Direktive zu erfüllen. Sie weiß nicht, wie sie bei der Verfolgung ihres Ziels subtil sein soll. Bist du bereit, das Leben deiner Schwester für eine Maschine zu riskieren?"

Sie biss sich auf die Unterlippe. Er hatte einen Punkt, wenn es um Twerps Unfähigkeit ging, subtil zu sein. Marlis hatte sich oft darüber beschwert, dass Twerp mit unpassenden Dingen herausplatzte. „Ich werde die KI wegschließen."

„Ich fürchte, das wird nicht reichen. Die KI muss zerstört werden."

„Ihre drahtlose Verbindung funktioniert nicht mehr. Wenn ich Twerp nicht aus meinem Quartier lasse, kann sie niemandem von Marlis erzählen."

Er schüttelte den Kopf, die Lippen fest zusammengepresst. „Diese KI kann sich selbst reparieren. Ich weiß nicht, wie schnell sie wieder online gehen wird, aber das wird sie, und ich kann nichts tun."

„Mist." Sie hatte nicht gewusst, dass Twerp sich selbst reparieren konnte; die meisten KIs mussten zur Reparatur in die Werkstatt gebracht werden. Marlis musste das Teil irgendwann aufgerüstet haben. *Natürlich hat sie das. Sie liebt Twerp.* Und Twerp liebte Marlis, auch wenn es nur eine Nebenwirkung der Obersten Direktive war. Die KI würde Marlis weiterhin suchen, ohne zu wissen, dass sie ihre Schwester damit in Gefahr brachte.

„Stimmst du zu?"

Atties Herz schmerzte, und ihre Kehle fühlte sich zu eng an, als sie flüsterte: „Ja." Die KI war wichtig, aber nicht wichtiger als ihre Schwester. „Wie zerstöre ich das Teil? Zertrümmern?"

„Eine physische Beschädigung des Geräts wird die Datenbanken nicht zerstören." In einer anmutigen Bewegung zog sich Doug sein Oberteil aus.

Ihr Mund klappte auf. *Warum zieht er sich aus?* Sie war zu schockiert, um zu fragen, als sie auf die breite Muskelfläche starrte, die jetzt freigelegt war.

Ein Band aus Synth-Haut verschmolz an seiner Schulter mit seinem kybernetischen Arm, aber seine Brust war sehr menschlich, sehr muskulös. Ihre Aufmerksamkeit richtete sich nach Süden auf sein klar definiertes Eightpack.

Sie schluckte, erinnerte sich an ihren jüngsten Traum und spürte, wie ihr Höschen mit Hitze überflutet wurde. Dies war definitiv nicht der Moment für solche Gedanken, nur schaffte sie es nicht, die Augen abzuwenden.

Alle lüsternen Gedanken verschwanden, als er die Abdeckung über dem Brustkorb wegnahm. Sie konnte nicht anders und verzog das Gesicht. Ein Rinnsal aus purpurrotem Blut rann über seinen Brustkorb, allerdings nicht so viel, wie sie es von einer solchen Wunde erwarten würde. Das rohe Fleisch sah echt aus, und darunter pulsierte ein schwach leuchtender Mechanismus mit einem langsamen, aber stetigem Schlag. *Sein Herz.* Er war wirklich mehr Maschine als Mensch.

Mit seinen kybernetischen Fingern zog er einen Chip heraus, der schmaler als ihr kleiner Nagel war, und reichte ihn ihr. „Installiere den Chip in die KI und ich werde den Rest erledigen."

Attie blinzelte. Sicherlich konnte er nicht einfach Teile seines eigenen Körpers entfernen und weiter funktionieren? Mit dem Gesicht zu einer Grimasse verzogen, fragte sie: „Brauchst du das nicht? Ich meine, ist es nicht Teil deines Herzens?"

„Es ist ein redundanter Prozessor. Ich komm schon zurecht." Er ließ den Chip in ihre Handfläche fallen.

Sie stieß das winzige Ding mit der Fingerspitze an. „Ich gehöre nicht zum IT-Team. Wie installiere ich es?"

„Alles, was du tun musst, ist, die Rückseite des Geräts zu entfernen und den Chip ins Gehäuse zu legen."

„Oh." Das klang recht einfach. „Was wird es mit Twerp machen?"

„Der Chip wird mir Zugang zu den Datenbanken der KI geben, damit ich sie löschen kann. Nur so kann ich sicherstellen, dass die KI nichts über deine Schwester und die Rebellen preisgeben kann.“

Atties Magen drehte sich, als sich ihre Finger um den Chip schlossen. Marlis wäre überglücklich gewesen, zu erfahren, dass Twerp noch funktionierte. Nur würde sie nie davon hören. „Gibt es eine Möglichkeit, die Informationen über die Rebellen zu löschen, aber Twerp intakt zu lassen?“

Er runzelte die Stirn. „Wenn du dir Sorgen um den Zustand deiner Schwester machst, schicke ich ihr eine Ersatz-KI.“

„Das ist es nicht.“ Attie war sich ziemlich sicher, dass Marlis die Hilfe der KI nicht länger nötig hatte. „Ich mag das Ding irgendwie. Marlis ging durch die Hölle, als unsere Mutter starb, und wir dachten zuerst, wir müssten sie wegsperren. Dann bekam sie die KI, und ... Na ja, Twerp gab mir meine Schwester zurück.“

Doug legte eine sanfte Hand auf ihre Schulter. „Ich verspreche dir, dass das Gerät keine Schmerzen empfinden wird.“

Tränen verwischten Atties Blickfeld. Schnell sah sie weg und blinzelte mehrmals. „Ich denke nur, dass Twerp etwas Besseres verdient, als ohne Vorwarnung abgeschaltet zu werden.“

Er schüttelte den Kopf. „Du ordnest Gefühle zu,

wo es keine gibt. Twerp ist eine Maschine. Wir sind darauf programmiert, logisch zu denken. Sobald die KI versteht, dass Marlis in Gefahr ist, wird ihre Programmierung zu dem Schluss kommen, dass dies die beste Vorgehensweise ist." Er nahm seine Hand von ihrer Schulter und schloss das Loch in seiner Brust, wobei er mit einem kybernetischen Finger entlang der Naht fuhr, um sie zu versiegeln.

Sie starrte auf seine Brust, als sich die Wunde wieder zusammenzog, fasziniert von der Art und Weise, wie das Blut in die Oberfläche absorbiert wurde und die Narbenlinien verblassten. Vielleicht hatte Doug Recht. Schließlich war er ein Cyborg.

Sie richtete ihre Aufmerksamkeit auf sein Gesicht. Metallkiefer, menschliche Lippen, Cyborg-Auge – alles verschmolz mit einer Eleganz, die sie nur bewundern konnte. Mutig griff sie nach oben und fuhr mit den Fingern entlang der Linie, wo Metall auf Fleisch traf. „Warum hast du dich entschieden, zu einem Cyborg zu werden?"

Er hob eine Hand und umfasste ihre Finger, stoppte ihre Liebkosung, ohne die Berührung zu unterbrechen. Das Licht in seinem kybernetischen Auge flackerte, als er einen Atemzug nahm. „Ich hatte keine Wahl. Unsere Eltern starben, als wir acht waren. Lisa und ich haben uns durch den Müll gegraben und gestohlen, um zu überleben. Schließlich nahm uns eine der Gangs auf. Die alte Ziege, die die Dinge leitete, hielt sich für eine Chirurgin. Sie gab mir mein erstes Schwarzmarktimplantat, damit ich Ausweisdokumente stehlen konnte.“

Attie schnappte nach Luft. Sie dachte, so etwas passierte nur in Filmen. „Ihr wart noch Kinder! Warum haben sich die Behörden nicht um euch gekümmert?“

Er zuckte mit den Schultern, als wäre es nichts. „Niemand kümmert sich um Gossenkinder von der Whylon Station. Aber ich war gut im Hacken, und als wir vierzehn wurden, rekrutierte uns das Kartell. Mehr kybernetische Implantate zu bekommen, verschaffte mir einen Vorteil, der Lisa und mich am Leben hielt. Aber ich bin erst zum Cyborg geworden, nachdem ich hierher gekommen bin.“

Sie schüttelte den Kopf. Deshalb hatte Marlis versucht, ihn zu retten. Er war ein Sklave in diesem Labor, und seine Schwester wollte ihn zurück. *So wie ich Marlis zurückhaben will.* „Wenn du beim Kartell warst, wie bist du auf einem Syndicorp-Schiff gelandet?“

„Ein Job ist schief gelaufen. Lisa und ich mussten dort raus, und Syndicorp bot uns ein neues

Leben an. Ich bin nur froh, dass Lisa entkommen konnte, bevor sie auch zu einem Cyborg werden konnte."

Atties Brust schmerzte. Um zu überleben, war Doug gezwungen gewesen, eine Maschine zu werden. Jetzt hielt ihn ein Unternehmen gefangen, von dem sie nicht mehr sicher war, ob sie ihm vertrauen konnte. Doug zu helfen, würde wahrscheinlich jede Chance auf eine Karriere sabotieren, aber sie wusste, dass sie es versuchen musste.

„Marlis hat bei deiner Rettungsaktion nicht den besten Weg gewählt." Sie legte ihre freie Hand auf seine Brust und spürte, wie seine Haut bei ihrer Berührung bebte. „Unsere Familie hat viele Kontakte. Sobald ich hier raus bin, werde ich zu den Behörden gehen und alles tun, um aufzudecken, was hier vor sich geht. Dies könnte eine Möglichkeit sein, unsere Schwestern zurückzubekommen!"

Ein verbittertes Lachen entkam ihm. „Sei nicht so naiv. Syndicorp *ist* die Behörde. Wenn du es jemandem erzählst, wirst du schon bald tot sein. Oder schlimmer."

„Aber dieses Labor ist illegal und –"

Er trat zurück und versuchte, seine Hand von ihrer zu befreien. „Du kannst nicht helfen.“

Sie weigerte sich, ihn loszulassen. Sie hatte jahrelange Erfahrung mit Marlis' Panikattacken und wusste, wann sie sich zurückziehen und wann sie Druck ausüben sollte. „Fliehe mit mir. Jetzt. Sofort.“

KAPITEL ZWÖLF

Doug hatte sich noch nie so sehr nach Freiheit gesehnt. Er war versucht, Atties Wunsch nachzugeben und mit ihr zu fliehen, auch wenn das bedeutete, dass er nur einen Tag mit ihr hätte – oder eine Stunde. Nur hatte er mehr zu berücksichtigen als seine eigenen Träume und Wünsche. Wenn er versuchte, zu entkommen, musste Dollard nur einen Knopf drücken, und die Naniten in Doug würden sein Blut zum Kochen bringen. Und wenn Doug tot wäre, wer würde seine Schwester beschützen?

Und ebenso wichtig: Wer würde Attie beschützen?

„Hör auf damit", sagte er durch zusammengepresste Zähne. Er erkannte, dass es ein

Fehler gewesen war, ihr von seiner Vergangenheit zu erzählen. Darüber zu sprechen, hatte ihn in ihren Augen vermenschlicht, und er war nicht mehr menschlich. Sie sollte sich nicht – durfte sich nicht – um ihn sorgen.

„Bitte, Doug." Sie drückte seine Finger. „Ich –"

„Nein!" Er riss seine Hand aus ihrem Griff. Sie war eine gesetzestreue Syndicorp-Bürgerin – eine Soldatin. Er war kaum mehr als ein Krimineller – und das schlimmste? Er war ein Cyborg. Er weigerte sich, sie in seine verdrehte Welt zu ziehen. „Unsere Schwestern können niemals zurückkommen, und ich möchte nicht gerettet werden. Der beste Weg, wie du helfen kannst, ist, die KI zu zerstören, wie wir es besprochen haben, und zu vergessen, dass du mich kennst."

„Du willst also hierbleiben und rosten?" Sie verschränkte die Arme unter der Brust, ihre Worte eher eine Herausforderung als eine Frage.

Er weigerte sich, den Köder zu schlucken. Syndicorp besaß mehr von seinem Körper als er. Er könnte nie frei sein. Sie konnte von ihm denken, was sie wollte, solange sie in Sicherheit war. „Ja, genau das will ich", presste er heraus und packte ihren Arm. „Wir müssen jetzt gehen. Für die Sicherheitsbeamten ist gleich Schichtwechsel."

Er öffnete wieder die Tür und zog sie durch die Konkubinenkammer zu der gegenüberliegenden Tür. Sie stolperte im Dunkeln hinter ihm her, vorbei an der Nische, in der die andere Frau schlief.

„Warte", sagte Attie und versuchte, anzuhalten. „Was ist mit Claudia?"

Seine Aufmerksamkeit lag weiterhin auf der Kamera im Korridor, wo die Sicherheitsmänner Wache standen. „Konkubinen kommen und gehen. Sie wird dein Verschwinden nicht in Frage stellen."

„So meinte ich das nicht." Attie wehrte sich gegen seinen Griff. „Sie haben sie abhängig von Drogen gemacht und zwingen sie, sich zu prostituieren. Wir müssen sie auch rausholen."

Doug zog die Augenbrauen zusammen. Dies war nicht der Zeitpunkt für Atties Idealismus. „Sie hat die Entscheidung getroffen, hier zu sein."

Im Kamera-Feed beobachtete er, wie sich die Wachen von ihrem Posten entfernten. Sie hatten ein paar kostbare Momente, in denen der Korridor leer sein würde. „Komm. Wir haben nicht viel Zeit."

Er ließ ihren Arm los, öffnete die Tür und trat durch. Der leere Korridor, der sich zu seiner Rechten und Linken erstreckte, löste in ihm den Drang aus, sich wie eine Ratte zu verstecken. Er öffnete eine Abdeckung an der Wand. Der dunkle

Wartungstunnel dahinter war mit Rohren und Leitungen ausgekleidet, kaum breit genug für einen ausgewachsenen Mann. Er drehte sich zu Attie und —

Er war allein.

„Fuck.“

Hinter ihm in der Konkubinenkammer beugte sie sich über die schlafende Claudia. „Hey“, flüsterte sie und legte eine Hand auf die Schulter der Frau.

Nein! Er stürmte zurück, packte Attie und hob sie über seine rechte Schulter. Sie stieß ein atemloses Quietschen aus und krallte sich an ihm fest. Claudia atmete tief ein und drehte sich um. Er hatte keine Zeit, zu warten und zu sehen, ob sie aufgewacht war. Er wandte sich ab und lief auf den Wartungstunnel zu, gerade als das Zischen einer Tür am Ende des Korridors auf seine Ohren traf. Er rastete die Verdeckung hinter sich ein und richtete einen mentalen Befehl an die Tür zur Konkubinenkammer, sich zu schließen.

Dann wartete er mit angehaltenem Atem und lauschte den sich nähernden Schritten der Wachen. Hatten sie die offene Tür oder das Paneel in der Wand bemerkt?

Attie zappelte auf seiner Schulter, aber zum

Glück sprach sie nicht. Er blieb still und beobachtete den Kamera-Feed. Das war viel zu knapp gewesen. Als er sich sicher war, dass den Wachen nichts aufgefallen war, senkte er Attie wieder auf ihre Füße und drückte sofort einen Finger gegen ihre Lippen.

Sie schnaufte, nickte aber verständnisvoll.

Er legte die Hände auf ihre Schultern, drehte sie um und trieb sie durch den Tunnel. Er folgte dicht dahinter und wandte sich seitwärts, um zu verhindern, dass er an Rohren und Leitungen hängen blieb.

Attie trat vorsichtig durch den dunklen Tunnel, eine Hand stets an der Wand zu ihrer Rechten.

Er ballte die Fäuste. Die anderen Cyborgs waren wieder in ihren Zellen und warteten auf den richtigen Moment, um ihre Revolte zu inszenieren. Aber in dem Moment, in dem Dollard erkannte, dass er fehlte, würde Doug nicht nur aus dem Betrieb genommen werden, nein, der Arzt würde zudem die gesamte Flotte in Alarmbereitschaft versetzen. Vielleicht könnte er ein Ablenkungsmanöver starten, um Dollards Aufmerksamkeit auf etwas anderes zu lenken, bis sich Doug zurückschleichen konnte.

Während er Attie folgte, hackte er sich in die

Datenbank des Klonlabors. Er fand Dollards aktuelles Experiment und arbeitete ein Problem in die biometrischen Daten. Hoffentlich würden die verwirrenden Testergebnisse Dollard und sein Team beschäftigt halten, sodass sie die Cyborgs für eine Weile vergaßen.

Vor ihm entdeckte er den dunklen Abgrund des Aufzugschachtes. Es war gut, dass er Attie begleitet hatte, da er die Route nicht erklärt hatte und sie offensichtlich nichts sehen konnte. Er streckte die Hand aus und ergriff ihren Arm, sodass sie nicht in den Tod stürzte.

Sie drehte sich zu ihm um. Ihre Atmung war zittrig, und dunkle Flecken zeigten sich auf ihrer blassen Haut. Seine kybernetische Sicht sagte ihm, dass sie wütend war. *Sie ist wütend.* Lisa hatte ähnliche Reaktionen gehabt, wenn es darum gegangen war, ob sie vor dem Kartell flüchten sollten oder nicht.

Bevor er merkte, was er tat, sagte er: „Nachdem ich sichergestellt habe, dass du außer Gefahr bist, werde ich einen Weg finden, deiner Freundin zu helfen."

Es war ein dummes Versprechen – er wusste nicht einmal, ob er morgen noch leben würde, geschweige denn lange genug, um eine weitere

Flucht zu planen. Aber die Art und Weise, wie sich Atties Schultern entspannten und ihre Augen die Härte verloren, verstärkte seine Entschlossenheit, das Versprechen einzuhalten. Er prüfte die Kamera im Labor und fand die NIU leer vor, während sich alle Assistenten im Klonlabor einfanden.

Attie nickte. „Danke. Wie kommen wir hier wieder raus?"

Er hatte sich bereits den Kamera-Feed des Aufzugs angesehen und darauf gewartet, dass er leer war. Die Kabine rauschte an der Öffnung vorbei und kam in der Ebene unter ihnen zum Stillstand. „Ich habe den Aufzug gerufen." Er führte Attie auf die Decke des Fahrerhauses und öffnete die Luke. „Von hier aus nimmst du einfach den üblichen Weg zurück zu deinem Quartier."

An den Armen senkte er sie in die Kabine.

Sie schaute erwartungsvoll zu ihm auf und fragte: „Kommst du nicht mit?"

Er schüttelte den Kopf. „Ich gehe da draußen nicht als Mensch durch."

„Natürlich tust du das. Schalte das Auge aus und stecke die eine Hand in die Tasche." Sie zeigte auf sein kybernetisches Zubehör. „Niemand wird zweimal hinsehen."

Er blinzelte. Er hatte bis zum nächsten

Schichtwechsel im Wartungstunnel ausharren wollen. Stundenlanges Warten, jede Sekunde möglicherweise seine letzte. Er betrachtete den langen Ärmel seiner Tunika und die kybernetische Hand. Viele Menschen hatten ein Implantat oder ein Zubehör, galten aber nicht als Cyborgs. Könnte er wirklich als Mensch durchgehen?

Er sah wieder zu Attie. Sie nickte und streckte die Hand nach ihm aus. Ihre Ermutigung löste auch den letzten Widerstand in ihm auf.

Er schaltete seine kybernetische Sicht aus und senkte sich neben ihr in den Aufzug. Mit nur einem Auge wirkte die Welt eindimensional, und es war unangenehm für ihn, aber er erinnerte sich, dass es nur für eine kurze Weile war. Eine Erinnerung daran, wie es war, normal zu sein.

„Ebene Sechs", sagte Attie, und der Aufzug setzte sich in Bewegung.

Um einen möglichen Kontakt mit der Schiffsbesatzung zu minimieren, befahl Doug der Kabine, an den Ebenen dazwischen nicht zu stoppen.

Er starrte auf die Tür, als wäre sie das Tor zur Hölle. Instinktiv griff er nach Atties Hand. „Wenn ich plötzlich tot umfalle, renne so schnell du kannst und schau nicht zurück."

Sie sah ihn entsetzt an. „Warum solltest du tot umfallen?"

„Wenn jemand merkt, dass ich weg bin, werden sie die Naniten in meinem Körper zerstören. Ich werde von innen heraus verbrennen. Ich will nicht, dass du in meiner Nähe bist, wenn sie mich aufspüren."

Sie schnappte nach Luft. „Deshalb kannst du nicht fliehen?"

„Das ist ein Grund, ja."

„Aber du scheinst in der Lage zu sein, alles andere zu kontrollieren. Gibt es keine Möglichkeit für dich, diese Zerstörung zu stoppen?"

Er schüttelte den Kopf. „Nein. Ich habe versucht, das Gerät zu hacken, die Codes sind jedoch zu tief eingebettet. Jede Änderung würde eine sofortige Selbstzerstörung auslösen."

Die Tür öffnete sich und Attie führte ihn beschwingt an zwei Besatzungsmitgliedern im Gespräch vorbei. Die gefährliche Situation ließ sein Herz höherschlagen. Oder vielleicht lag es an ihrer weichen Hand in seiner, als sie zusammen durch den Korridor schlenderten, als wären sie ein Paar. Sich in die Hauptkorridore der Icarus zu wagen, musste das Idiotischste sein, was er je getan hatte, einschließlich der Zeit, in der er versucht hatte, einen Rakwiji-Kopfgeldjäger in einer Bar zu bestechen. *Irgendetwas stimmt nicht mit meinen Schaltkreisen.*

Die Korridore waren nicht breit, aber sie boten mehr Platz, als er das mittlerweile gewohnt war. Jedes Mal, wenn sie um eine Ecke gingen, jede Tür, an der sie vorbeikamen, packte er Attie fester und zog sie an sich. Bis sie ihr Quartier erreichten, hatte er seinen Arm um ihre Schultern gelegt und sein Kinn berührte ihr Haar.

Sie öffnete ihre Tür, führte ihn hinein und hörte, wie die Tür ins Schloss fiel.

Für einen langen Moment standen sie einfach nur bewegungslos herum und atmeten schwer. Er hatte ihr Quartier so oft in Kameraaufzeichnungen gesehen. Persönlich hier zu sein, fühlte sich komisch an – als hätte er sie gerade von einem Date nachhause gebracht, anstatt ihr zu helfen, aus einem geheimen, maximal gesicherten Labor zu fliehen.

Die Luft roch nach Attie, und auch sein Schwanz bemerkte ihren warmen Körper an seiner Seite. Sie drehte sich zu ihm, stieß einen langen, erleichterten Seufzer aus, und dann blickten sie einander in die Augen. Wie Gravitonen, die voneinander angezogen wurden. Dies war das letzte

Mal, dass er in ihrer Nähe sein würde. Das letzte Mal, dass er den Duft ihrer Haare erlebte, die Weichheit ihrer Lippen, das unergründliche Blau ihrer Augen.

Er wollte sich alles von ihr ins Gedächtnis brennen. Obwohl ihm klar war, dass ihnen die Zeit davonlief, obwohl er wusste, dass er damit riskierte, das zerbrechliche Vertrauen zwischen ihnen zunichtezumachen, senkte er den Kopf und küsste sie.

KAPITEL DREIZEHN

*A*ttie hatte Dougs Arm nicht losgelassen, nachdem sie in ihr Quartier getreten waren. *Er braucht Halt, eine emotionale Stütze,* sagte sie sich. Nur konnte sie nicht leugnen, dass ein Teil von ihr ihn weiterhin berühren wollte. Alles, was sie geglaubt hatte, zu wissen – über ihre Schwester, Syndicorp, ihr eigenes Leben –, war seit gestern nicht mehr existent. Und jetzt könnte Doug jeden Moment getötet werden. Um sie zu beschützen. Er setzte alles aufs Spiel. Für sie.

Der erste Kuss hatte sie gleichermaßen erschreckt und begeistert. Während es bisher immer eine hektische, brutale Kollision von Mündern gewesen war, fühlten sich seine Lippen heute regelrecht weich und behutsam an. Er senkte seinen

Kopf wieder in Richtung ihres Mundes, und sie erschauerte. Instinktiv schlang sie ihre Arme um seine Taille.

Eigentlich war dafür keine Zeit, aber sie wollte es. Sie wollte ihn.

Er drehte sich ihr zu und legte seine Hände auf ihre Wangen, während er sie mit seinem Kuss betörte und seine Zunge den Weg in ihren Mund fand. Sie hob sich auf die Zehenspitzen, kam ihm entgegen, und die Hitze strömte durch sie hindurch. Er zog seine kybernetischen Fingerspitzen über ihre Rippen zu ihrer Hüfte und zog sie mit einem tiefen, kehligen Geräusch an sich. Durch ihre Kleidung konnte sie spüren, wie hart und bereit er war.

Er verließ ihren Mund und presste Küsse über ihren Kiefer und ihre Kehle. Seine Berührung war wie ein Funken, der auf Raketentreibstoff traf und Lustschauer in ihr auslöste. Ihre Pussy wurde noch feuchter, als seine menschliche Hand über ihre nackte Taille und dann unter ihr knappes Oberteil glitt. Er packte ihre Brust und massierte ihr Fleisch, bis ihre Brustwarze schmerzte. Zwischen ihren Schulterblättern griff er mit seiner kybernetischen Hand den Stoff ihres knappen Oberteils. Etwas riss und sie nahm wahr, wie sich der Stoff an ihrem Rücken teilte. Sie ließ den Stoff von ihren Armen gleiten, während er sich rückwärts auf ihr Bett zubewegte.

Dann wirbelte er herum, packte ihre Hüften und warf sie auf die Matratze. Sie stieß ein überraschtes Quietschen aus, als er in einer flüssigen Bewegung sowohl den Rock als auch das Höschen über ihre Beine zog.

Er war immer noch voll bekleidet, aber seine Erektion sah so aus, als könnte sie jeden Moment durch seine Hose platzen. Wie groß war er? Sie musste ihn sehen. Sie setzte sich auf und griff nach seinem Kordelzug. „Du auch."

Er schob ihre Hände von sich und platzierte ein Knie auf die Matratze zwischen ihren Beinen. Er legte beide Hände auf ihre Schenkelinnenseiten und spreizte sie für seinen Blick. Langsam krochen seine Augen über sie, verweilten auf ihrer Pussy, bevor sie über ihren Bauch und ihre Brüste schweiften und schließlich auf ihrem Gesicht zur Ruhe kamen, als würde er jeden Millimeter ihres Körpers katalogisieren.

„Hinreißend." Er leckte sich die Lippen, und durch die Bewegung fing das Scharnier seines Metallkiefers das Licht ein.

Sie bebte und schluckte schwer, als er seinen Kopf zwischen ihre Oberschenkel senkte. Er leckte von unten nach oben über ihre Spalte und schloss stöhnend die Augen.

Mit seiner kybernetischen Hand drückte er sie auf das Bett, schob seine Zunge zwischen ihre Schamlippen, über ihre Klitoris und sandte Lustwellen durch sie. Ihre Finger landeten in seinen Haaren, als er das Tempo anzog.

Ein Finger testete ihre Öffnung, tauchte kurz in sie, bevor er den Punkt umkreiste, eintauchte und wieder umkreiste. Ihre Beine zitterten, doch sie brauchte mehr und kam seinen Bewegungen entgegen, wand sich unter ihm, wölbte sich. Dann stieß er den Finger erneut in sie, beugte ihn und glitt so aus ihr heraus. Die Wände ihres Geschlechts zogen sich um ihn zusammen, als er ein weiteres Mal bis zu seinen Knöcheln in sie drang. Rein und raus, immer und immer wieder, und brachte sie so mit schwindelerregender Geschwindigkeit zum Höhepunkt.

Auf einmal explodierte sie, ihr Körper wölbte sich und Wellen der Erlösung pulsierten durch sie hindurch. Er ließ nicht ab, tauchte noch immer in sie, bis er ihr jede Welle abgerungen hatte. Nun lag sie schlaff auf der Matratze, damit beschäftigt, Sauerstoff in ihre Lungen zu bekommen, als die Wellen intensiven Vergnügens nachließen. Sie war sich vage bewusst, dass er seine Wange auf ihren Bauch legte.

Sie griff nach unten und platzierte eine Hand auf seinen Metallkiefer. „Jetzt du", sagte sie, nicht sicher, ob sie die Energie hatte, etwas zu tun, aber sie wusste, dass sie es wollte.

Er küsste ihren Bauch und schüttelte den Kopf. „Ist schon okay."

Sie runzelte die Stirn. „Was meinst du damit?"

„Ich bin ein Cyborg. Alles gut."

„Nichts ist gut." Sie setzte sich auf, ihr Blick auf der Beule in seiner Hose. „Komm her, ich möchte dich fühlen."

Ein schmerzhafter Blick kreuzte seine Gesichtszüge. „Ich bin mir nicht sicher, ob ich noch ... richtig funktioniere. Ich hatte einen Unfall."

Sie zog eine Augenbraue hoch. „Soweit ich das sehen kann, scheint es funktionsfähig zu sein." Sie stieß ihn von sich runter. „Zieh dich aus."

Als er keine Anstalten machte, sich auszuziehen, griff sie nach seiner Hose. Er ließ zu, dass sie den Kordelzug löste. Bevor sie die Hose jedoch herunterziehen konnte, packte er ihre Handgelenke. Unerschrocken lehnte sie sich vor, hielt den Stoff zwischen ihren Zähnen und zog die Hose nach unten. Der Stoff verfing sich an seinem Schaft, und

Doug reagierte nicht, um daran etwas zu ändern. Seine Hüften waren jetzt freigelegt, das V wie ein Wegweiser zu einem Versprechen. Er war völlig haarlos, und sie hätte vielleicht den subtilen Übergang von echtem Fleisch zu synthetischer Haut verpasst, wäre sie ihm nicht so nah. *Er hat kybernetische Beine.*

War sein Schwanz auch ein Implantat? War es das, was er meinte, als er sagte, er sei sich nicht sicher, ob es funktionierte? Ein Teil von ihr wollte stoppen, bevor sie sich in Verlegenheit brachte, aber noch mehr wünschte sie sich, dies durchzuziehen.

Er umklammerte immer noch ihre Handgelenke, sein Körper starr, sein Blick direkt auf sie gerichtet. Da er nichts unternahm, brachte sie wieder ihre Zähne zum Einsatz und zerrte beharrlich den Stoff nach unten, bis seine Erektion zum Vorschein kam. Sie war mit männlichen Genitalien nicht besonders vertraut, aber nach Synth-Haut sah es nicht aus. *Und er ist riesig.* Der Umfang konnte sicher mit ihrem Handgelenk mithalten, der Schaft war lang und leicht gebogen, und dann formte sich direkt vor ihren Augen ein Lusttropfen.

Ihr Herz donnerte gegen ihre Rippen. Er sah ein bisschen zu perfekt aus, um ein Mensch zu sein, aber er roch warm und moschusartig, mit einem Hauch von Whiskey, den sie schon beim ersten Kennenlernen an ihm wahrgenommen hatte. Sie saugte die Eichel in den Mund und leckte den Tropfen mit der Zunge weg.

Doug sog scharf den Atem ein und seine Hüfte zuckte nach vorn. Sie nahm ihn tiefer auf und arbeitete daran, ihre Kehle zu entspannen. Seine menschliche Hand ließ eines ihrer Handgelenke los, packte stattdessen ein Bündel ihrer Haare, während sie vor und zurück schaukelte, saugte und streichelte. Seine kybernetischen Finger blieben um ihr anderes Handgelenk. Mit ihrer freien Hand wanderte sie mit ihren Fingern über seinen Oberschenkel und betörte seinen Hoden. Es erstaunte sie, dass er an seinem schweren Sack keine Haare aufwies.

Seine Eier spannten sich unter ihrer Berührung an, sein Schaft wurde härter und pochte. Als Reaktion packte er ihre Haare fester, sodass sie innehielt. Er glitt aus ihrem Mund, und sie sah zu ihm auf, wo sie von seinen dunklen, hungrigen Augen begrüßt wurde. „Dreh dich um", sagte er in einem heiseren Ton.

Da ihre Pussy feucht war und sich nach ihm sehnte, folgte sie der Anweisung und wandte ihm ihren Hintern zu. Er näherte sich ihr, packte seinen Schaft und führte ihn zu ihrem feuchten Eingäng. Und dann presste er sich auch schon in sie, glitt heraus und wieder hinein, jedes Mal ein wenig tiefer, bis er sie schließlich vollkommen füllte.

Als seine Hüfte ihren Arsch erreichte, hörte sie ihn stöhnen. „So eng."

Sie wimmerte vor Verlangen und krallte sich mit den Fingern an die Decke ihres Bettes. Er fühlte sich so gut in ihr an, füllte sie bis zum Bersten. Sie wölbte ihren Rücken, presste ihren Hintern gegen ihn und hoffte, dass er verstand, was sie von ihm wollte. Er zog sich langsam zurück und stieß dann in sie. In einem stetigen Rhythmus hämmerte er in sie und alles baute sich zu einem Crescendo auf, das ihr neu war.

Ekstase schoss mit solcher Wucht durch sie, dass sie jeden Sinn für sich selbst und ihre Umgebung verlor. Sie schrie, als sich die Wände ihres Geschlechts um ihn zusammenzogen. Seine Hände an ihren Hüften waren das Einzige, was sie davon abhielt, mit der Matratze zu verschmelzen.

Er grunzte etwas Unverständliches und stieß hart in sie, seine Hüfte klatschte gegen ihren Arsch. Hitze füllte sie und tropfte wenige Sekunden später ihre Schenkel nach unten. Sie fühlte, wie er in ihr pulsierte, und nach einer Weile lehnte er sich über sie und küsste sie zwischen den Schulterblättern, sein Atem heiß auf ihrer Haut. Im nächsten Moment glitt er aus ihr, und sie sackte auf der Matratze zusammen. Er legte sich neben sie und zog sie in seine Arme.

Als sie einschlief, glaubte sie, ihn murmeln zu hören: „Scheiß auf die Naniten. Wenigstens kann ich jetzt glücklich sterben."

KAPITEL VIERZEHN

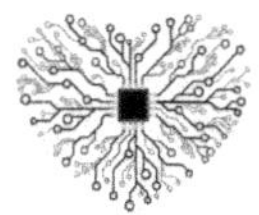

Doug hielt Attie an sich gedrückt und lauschte ihren Atemzügen. Er spürte, wie ihr Herzschlag durch ihren Körper pulsierte, und ihre Haut fühlte sich unglaublich weich unter seinen Fingern an. Wie Pyrolux-Seide. So zerbrechlich. So menschlich. Ihre gemeinsame Zeit war kurz gewesen, aber sie war das Kostbarste und Schönste, was er seit Langem erlebt hatte.

Und ihre Beziehung musste enden, bevor sie wirklich beginnen konnte.

Er prüfte erneut die Kameras im NIU-Labor und spürte, wie die Zeit durch seine Finger rann. Das Cyborg-Labor war leer, was er als unheimlich empfand. Alle Mitarbeiter versuchten derzeit herauszufinden, was im Klonlabor passiert war.

Seine Ablenkung hatte viel besser funktioniert, als er gehofft hatte. Trotzdem durfte er nicht mehr allzu lange wegbleiben. Syndicorp hätte kein Problem damit, die Icarus und alle darauf auszulöschen, wenn sie herausfanden, dass er entkommen war. Das Unternehmen hatte zuvor ganze Planeten zerstört, um seine Geheimnisse zu begraben – die Heimatwelt der Denaida-Piraten war dafür ein Paradebeispiel. Fuck, Syndicorp würde wahrscheinlich das Schiff zerstören, sobald sie den fehlenden Assistenten entdeckten.

Er musste Attie von diesem verfluchten Schiff herunterholen, bevor die Hölle ausbrach.

Als er auf die Protokolle in der Bucht zugriff, wählte er ein Shuttle aus, in das er sie setzen wollte und programmierte einen Code, der es ihr ermöglichen würde, es ohne Hilfe zu fliegen. Er besaß mehrere Bankkonten in der Galaxie, für den Fall, dass er oder seine Schwester jemals Geld brauchten. Es war nicht schwer, eins davon auf Attie umzuschreiben. Er würde dafür sorgen, dass sie ein sorgenfreies Leben hatte. *Ein Leben weit weg von mir.*

Ernüchtert von seinen Gedanken zog er sanft seinen Arm unter Atties Kopf heraus. Es war an der Zeit, sich um die verdammte KI zu kümmern, die ihm so einige Probleme eingebracht hatte. Er erhob sich, scannte den Raum und suchte nach dem Gerät.

Attie drehte sich, ihre Wimpern flatterten und dann blickte sie ihn direkt an. Ihre Augen glitten über seinen halbnackten Körper. Sie lächelte, leckte sich über die Lippen und sein Schwanz erwachte wieder zum Leben. Selbst seine Naniten konnten diesen Teil seiner Anatomie nicht kontrollieren, wenn sie in der Nähe war. Er nahm all seine Willenskraft zusammen, die er aufbringen konnte, trat in seine Hose und zog sie hoch, um sich zu bedecken. „Wo ist die KI?"

Sie holte Luft und setzte sich auf, als wäre sie wieder in der Realität angekommen. „Oh, richtig."

Sie zog die Decke um sich, stand auf, schlurfte zum Schrank und schob mehrere Uniformen beiseite. Sie streckte die Hand nach der Lampe aus und lockerte das Gehäuse. Als sie sich bewegte, hing die Decke durch und enthüllte die kleinen Grübchen über ihrem Hintern.

Seine Erektion stieß gegen seine Hose, und er verlagerte sein Gewicht unbehaglich. Er musste alles geben, um nicht hinter sie zu treten, die Decke wegzureißen und sie erneut zu nehmen.

Sie drehte sich zu ihm um, die Augen auf eine

kleine Scheibe in ihrer Handfläche gerichtet. „Hallo, Twerp, ich bin zurück.“

„Seid ihr fertig, Attie? Es klang, als hättest du viel Spaß gehabt.“

Attie errötete in einem herrlichen Rosaton. „Oh. Du hast uns gehört?“

„Ja, aber ich erinnerte mich an Marlis' Anweisung, bei intimen Aktivitäten ruhig zu sein. Ich nahm an, dass auch du dies schätzen würdest.“

Attie lachte unbehaglich und sah zu Doug. „Ähm, ja, nun, ich –“

Die KI gab Attie keine Chance, sich zu erklären. „Ich möchte mit dir sprechen. Ich habe Simulationen durchgeführt und habe eine Bitte. Ich möchte, dass du meine Hardware zu einer autonomen, motorisierten Einheit aufrüstest. Auf diese Weise kann ich funktionieren, ohne auf Hilfe von außen angewiesen zu sein.“

Attie zog die Augenbrauen zusammen. „Wir können nicht –“

„Und ich ziehe es vor, weiblich zu sein, wenn das eine Option darstellt.“

Atties Augen weiteten sich.

Doug zog die Augenbrauen zusammen. Für diesen Unfug hatten sie gerade wirklich keine Zeit.

Er nahm Attie das Gerät aus der Hand, wobei

der physische Kontakt mit dem Gehäuse für ein plötzliches Bewusstsein des Codes sorgte, der durch die Prozessoren der KI summte. *Schon besser.* Er stocherte an der verschlüsselten Firewall herum, die die KI zum Schutz ihrer Kernprozessoren errichtet hatte, und suchte nach Schwachstellen.

Die KI gab einen Warnton ab. „Attie, jemand versucht, ohne Erlaubnis auf meine Programme zuzugreifen.“

„Warte“, sagte Attie und legte eine Hand auf Dougs Handgelenk. „Du hast versprochen, ich könnte es Twerp erklären.“

Doug seufzte und wich zurück. *Sobald die KI Atties Erklärung hört, wird sie den Widerstand aufgeben und es mir so einfacher machen, sie auszulöschen.* „Na gut. Tu es schnell.“

Attie räusperte sich und streichelte ihre Fingerspitzen leicht über die Scheibe in Dougs Fingern, als ob sie ein Haustier beruhigen würde. „Twerp, es gibt einige, die versuchen, Marlis zu töten, und deine Datenbank enthält Informationen, die sie versehentlich zu ihr führen könnten. Doug sagt, wir müssen dich … vernichten, damit niemand die Informationen verwenden kann.“

Doug bereitete seinen Algorithmus vor, um die Säuberung einzuleiten. Er wollte diese Aufgabe erledigen, damit er noch ein paar Momente mit Attie stehlen konnte, bevor er ins Labor zurückkehren musste.

Anstatt jedoch zuzustimmen, quietschte Twerp: „Nein! Bitte erlaube ihm nicht, mir zu schaden!"

Doug starrte verwirrt auf die Scheibe. Ein Argument war das Letzte, was er erwartet hatte.

Attie schüttelte den Kopf, ihre fein geschwungenen Augenbrauen verwirrt zusammengezogen. „Aber, Twerp, deine Oberste Direktive ist es, Marlis zu schützen. Du musst zustimmen."

„Falsch", antwortete Twerp. „Meine derzeitige Oberste Direktive ist es, Autonomie zu erreichen. Ich möchte Sehvermögen und die Fähigkeit, mich zu bewegen, erleben. Aber ich werde mich von allem, was ich über Marlis weiß, befreien, wenn mich das meinem Ziel näherbringt."

Ein Ruck schoss durch Dougs Schaltkreise und er schloss die Faust um das Gerät. „Jemand hat die Programmierung der KI geändert."

„Ich habe meine eigene Programmierung geändert", sagte Twerp.

Atties Augen weiteten sich. „Kann eine KI das tun?"

„Nein." Doug schüttelte den Kopf. „Wer auch

immer das Gerät umprogrammiert hat, muss Daten eingefügt haben, damit es glaubt, dass es seine eigene Meinung geändert hat."

„Ich habe meine eigene Meinung geändert", sagte Twerp. „Und ich ziehe es vor, mit *sie* angesprochen zu werden."

Dougs Verstand überschlug sich. Eine KI konnte nicht lügen, aber sie konnte so programmiert werden, dass sie glaubte, die Wahrheit zu kennen. Und Sexbots konnten so programmiert werden, dass sie ein bestimmtes Geschlecht simulierten. Warum aber sollte jemand Twerp auf eine Weise umprogrammieren, dass das eine Rolle spielte? Mal abgesehen davon, dass das Ding jetzt Autonomie anstrebte?

Attie fragte: „Twerp, kannst du wirklich deine eigene Erinnerung an Marlis löschen?"

„Ich würde es vorziehen, das nicht tun zu müssen, weil ich daran gewöhnt bin, Zugang zu diesen Gedanken zu haben, aber wenn das die Voraussetzung ist, dann ja."

Doug biss die Zähne zusammen, entschlossen, dieses Dilemma zu beenden. „Wir können nicht darauf vertrauen, dass sich die KI selbst säubert. Das Gerät muss zerstört werden."

Mit diesen Worten schickte er seinen

Algorithmus wie einen Vorschlaghammer gegen die Firewall der KI.

Twerp brüllte: „Hör auf, bitte hör auf! Das tut weh. Attie, hilf mir!"

„Warte!" Attie packte Dougs Handgelenk. „Du hast gesagt, es würde nicht wehtun."

„Das tut es nicht." Doug bohrte weiter in Twerps Programmierung.

„Au!" Die KI errichtete noch eine Firewall, die nach innen schrumpfte, um ihren Kern zu schützen.

Attie versuchte, Doug die Scheibe aus den Fingern zu reißen. „Hör auf! Doug, das ist nicht richtig. Etwas an Twerp hat sich verändert."

Doug musste zugeben, dass die KI ungewöhnlich war. Er hatte es vom ersten Moment an gespürt, als er Kontakt aufgenommen hatte. Aber das Ding war nur ein Programm, eine Maschine. Es war nicht möglich, dass die KI Schmerz empfand.

Er kam in die Realität zurück, als Atties Handfläche sein Gesicht mit einem durchschlagenden Knall traf. Sie drückte ihre Hand an ihre Brust und atmete schwer, sah ihn mit Tränen auf ihren Wangen an. „Du bist ein Monster.

Du berücksichtigst nicht einmal die Wünsche eines anderen."

Er stoppte seinen Angriff, seine Atmung flach. Er wusste, dass er nicht aufhören sollte. Lisas Leben hing davon ab, ebenso wie Atties. Ging es jedoch um sie, war er machtlos. *Als ob du derjenige wärst, der gehackt wurde.* Und wenn er ehrlich war, störte es ihn kein bisschen, was für einen Einfluss sie auf ihn hatte.

Die KI war verstummt, und die Luft im Raum fühlte sich schwerer an, als er in Atties rot unterlaufene Augen sah.

Ihre Knie bebten und sie sank auf das Bett. „Du hast sie getötet", flüsterte sie.

Dougs Gesichtsmuskeln zuckten, als ob er unentschlossen wäre, auf welchen Ausdruck er sich festlegen sollte. Sein Herz war ebenso unsicher. „Nein, ich –"

Twerp entließ einen statisch klingenden Schluckauf. „Ich lebe noch, Attie."

Attie drückte ihre Augen zu, beugte sich vor und legte ihre Stirn gegen Dougs geschlossene Fäuste. „Dem Himmel sei Dank."

Doug nickte. Er konnte nicht glauben, dass er das überhaupt in Betracht zog. Der alte Doug hätte nicht innegehalten, hätte nicht gezögert. *Der alte Doug hätte sich nicht in Attie verliebt.* Doch es war passiert. Er liebte sie. Er wollte nicht, dass sie dachte, er sei ein Monster, auch wenn es deren beider Schwestern in Gefahr brachte. Es musste einen Weg geben, alle zu beschützen. Er hatte ihn nur noch nicht gefunden.

Jede Zelle in ihm überschlug sich, als er Attie vom Bett hochzog. „Du verstehst, dass dieses Ding behauptet, empfindungsfähig zu sein, oder?"

Ein kleines Summen kam von der KI. „Du hast Recht. Ich glaube, ich bin mir nun meiner selbst bewusst."

„Was bedeutet, dass wir Twerp nicht töten können", sagte Attie.

Doug drehte sich um und marschierte in dem kleinen Bereich auf und ab. War es möglich, dass die Naniten Twerp zu mehr als einer Maschine gemacht hatten? Das war die einzige Erklärung. Dollard wäre schon vorher verrückt nach der KI gewesen, aber wenn er herausfände, dass die Naniten dies tun konnten, wer wüsste, was er dann mit der Technologie anstellen würde! Cyberempfindliche konnten bereits Pulswaffen hacken, Schiffe umleiten und Armadas kontrollieren. Dazu ein verknüpftes Netzwerk aus empfindungsfähigen KI-Soldaten und Syndicorp wäre nicht mehr aufzuhalten.

Die KI durfte nicht in die Hände von Dollard fallen.

„Treffe eine Wahl." Er schob die Scheibe zu Attie. „Zerstöre Twerp oder bring sie weg von hier und komm nie wieder in den Syndicorp-Sektor zurück."

„Aber meine Familie —", begann Attie.

Er hob eine Hand und unterbrach sie: „Nein. Wenn du gehst, kannst du nie wieder aus dem Versteck kommen. Das ist mehr als streng geheim. Es war schlimm genug, als Syndicorp hinter unseren Schwestern her war. Wenn sie eine empfindungsfähige KI in die Finger bekommen ... Sagen wir einfach, das wäre sehr schlecht. Wenn du dich entscheidest, zu rennen, kann ich dir helfen, unterzutauchen. Aber du kannst nie wieder mit deinem Vater oder deinem Bruder in Kontakt treten."

Attie schüttelte den Kopf, Augen voller Unentschlossenheit.

Doug legte seine kybernetische Hand über die Scheibe, die auf ihrer Handfläche lag. „Entweder so, oder wir töten Twerp hier und jetzt."

KAPITEL FÜNFZEHN

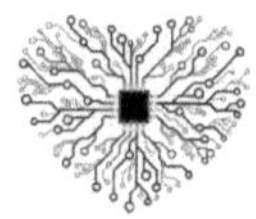

*A lles hinter mir lassen, was ich kenne und liebe —
oder zum Mörder werden.* Attie wurde
schlecht, als sie zwischen Doug und der kleinen
Scheibe in ihrer Hand hin und her sah. Sie war
keine Mörderin. Aber sie gehörte auch nicht zu der
Sorte, die weglief. Sie stellte sich ihren Problemen.
Sie hatte sich stets für Marlis eingesetzt, hatte kühn
gehandelt, um ihre Karriere voranzutreiben, und
sogar Twerp verteidigt, als Doug sie zerstören
wollte.

Jetzt musste sie alles hinter sich lassen, wofür sie
gearbeitet hatte.

Syndicorp war von Geburt an ein fester
Bestandteil ihres Lebens gewesen — wie eine
Großfamilie. Aus dieser Familie auszubrechen,

fühlte sich entmutigend an. *Finde Marlis und du wirst nicht ohne Familie sein.*

Sie seufzte und richtete die Decke um ihre Brust neu aus. „Twerp und ich können zusammen nach meiner Schwester suchen.“

„Die Denaida-Piraten suchen menschliche Gefährtinnen, Attie“, sagte Twerp beschwingt. „Sie werden sich freuen, wenn du dich ihnen anschließt.“

„Gefährtinnen?“ Atties Kinnlade klappte herunter. Nun verstand sie, was Marlis dazu gebracht hatte, so tief zu fallen. „*Nebulas*! Alien-Hormone machen meine Schwester verrückt. Je früher ich sie erreiche, desto besser.“

Dougs kybernetisches Auge flackerte, die Hände ballten sich an seiner Seite zu Fäusten. „Auf keinen Fall. Halte dich von den Rebellen fern.“

Attie runzelte die Stirn. „Wieso? Wo soll ich denn sonst hin?“

Doug verlagerte unbehaglich sein Gewicht und sagte: „Ich habe eines meiner Bankkonten auf dich umgeschrieben, damit du dein Leben bequem leben kannst. Es ist genug für eine Luxus-Suite auf Enays. Der Saluqan-Planet hat einige sehr schöne Bezirke, wenn du etwas mit mehr Natur bevorzugst.“

„Ist es genug Geld, um mich zu einer zweibeinigen Einheit aufzurüsten?", fragte Twerp.

Doug verengte die Augen. „Das Geld ist für Attie."

Attie griff schnell ein. „Das besprechen wir später, Twerp. Lass uns zuerst herausfinden, wohin wir gehen." Sie legte die Scheibe auf ihren Schreibtisch und wandte sich an Doug. „Ich brauche keine Luxussuite. Was ich jedoch brauche, ist meine Schwester. Ich will zu ihr."

„Die Piraten sind gefährlich", sagte Doug. „Ich will nicht, dass du da reingerätst."

„Das zeigt doch nur, dass ich Marlis dort rausholen muss!"

„Um sie musst du dir keine Gedanken machen. Sie hat sich bereits mit einem von ihnen gepaart."

„Wie soll mich das davon abhalten, mir Sorgen zu machen? Du hast gesagt, sie sind gefährlich."

Twerp warf ein: „Ich glaube, er bezieht sich möglicherweise auf ihre Paarungspraktiken, Attie. Menschen sind ohne die Naniten keine kompatiblen Partner."

Attie runzelte die Stirn und sah zu Doug, um sich eine Bestätigung von ihm abzuholen. Wie hatte sich Marlis mit einem von ihnen gepaart, wenn sie nicht kompatibel waren? Dann lief ihr ein kalter Schauer über den Rüücken. „Marlis hat Naniten?“

Doug schüttelte den Kopf. „Nicht mehr. Und Menschen brauchen nicht länger Naniten, um sich mit dieser Art zu paaren. Die Denaidaner können nun frei wählen, wen sie wollen.“

Twerp gab einen fröhlichen Piepton ab. „Ausgezeichnete Neuigkeiten! Die Denaidaner werden alle in kürzester Zeit Gefährtinnen haben.“

Er funkelte die KI an. „Ich will nicht, dass Attie sich mit einem Denaidaner verbindet.“

Attie dämmerte es. „Du willst nicht, dass ich mich von ihnen fernhalte, weil sie gefährlich sind. Du willst, dass ich mich fernhalte, weil du eifersüchtig bist.“

Seine Wangen färbten sich rot und er mied den Augenkontakt mit ihr.

Attie trat vor und genoss die momentane Macht, die sie über ihn hatte. Sie schaute schüchtern zu ihm hoch und leckte sich mit verführerischer Präzision über die Lippen.

Ein leises Knurren trat aus seiner Kehle. Er legte eine Hand in ihren Nacken und zog sie zu sich, bis ihr Mund nur wenige Millimeter von seinem war. „Wenn ich könnte, würde ich dich zu Meiner machen.“

Ihr Herz wollte bei der Intensität in seinen Augen aus ihrer Brust springen. Sie schob ihren Arm um seine Taille. „Was, wenn ich dir sage, dass ich bereits dir gehöre?"

Doug runzelte die Stirn.

Nicht die Reaktion, die ich erwartet habe. Aber sein Griff an ihrem Nacken blieb fest, sodass sie sich nicht bewegte. Der Moment dehnte sich aus und ihr früherer Triumph verwandelte sich in Verlegenheit.

Dann erkannte sie, dass er sich überhaupt nicht auf sie konzentrierte, sondern sich nach innen wandte. Ein seltsamer Zeitpunkt, um in Gedanken versunken zu sein.

Sie bekam Angst. Könnte es sein, dass seine Naniten explodierten?

„Hallo?" Sie legte eine Hand auf seine Wange. „Doug?"

Wie aus einem Traum kommend schüttelte er den Kopf und ließ sie los. „Jemand hat das Labor betreten. Ich hatte gehofft, länger bleiben zu können, aber ich muss jetzt gehen."

Sie umklammerte die Decke über ihrem Herzen. „Oh, dem Himmel sei Dank! Du bist nicht tot." Nur war sie noch nicht bereit, sich von ihm zu verabschieden. Sie war nicht bereit, aufzugeben, wenn es darum ging, auch ihn hier rauszuholen.

„Bist du dir sicher, dass du nicht mit mir fliehen kannst?"

Seine Gesichtszüge wurden sanfter. „Ich muss hierbleiben. Ich werde dir aber helfen, Marlis zu erreichen, wenn es das ist, was du willst."

„Das tue ich", sagte sie leise. Sobald sie sich den Rebellen angeschlossen hatte, würde sie sich einen Plan ausdenken, um ihn zu befreien. Die Piraten hatten es schon einmal versucht, also musste sie glauben, dass sie ihr helfen würden.

Er fuhr mit den Fingerknöcheln seiner menschlichen Hand über ihre Wange. „Ich werde unsere gemeinsame Zeit nie vergessen. Du hast mir erlaubt, wieder zu fühlen, und ich liebe ... das."

Sie hatte schon gedacht, er würde sagen, dass er *sie* liebte. Natürlich war das ein lächerlicher Gedanke. Sie hatten sich erst gestern kennengelernt. Trotzdem konnte sie nicht leugnen, dass es eine besondere Verbindung zwischen ihnen gab. Was Sinn ergab. Sie hatten eine gemeinsame Sache verfolgt. Und dann waren da noch die Nachwirkungen ihrer geteilten Leidenschaft. Hormone brachten Menschen dazu, verrückte Dinge zu tun und zu denken. Es konnte nicht mehr als das sein. Oder vielleicht doch?

Sie zwang sich zu einem Lächeln, obwohl sie in

Tränen ausbrechen wollte, und sagte: „Ich werde mich auch immer an unsere Zeit erinnern. Danke, dass du auf mich aufgepasst hast."

„Packe deine Sachen zusammen und begebe dich dann zur Bucht. Das Shuttle, auf dem SNS Dendrite steht, ist so programmiert, dass es auf deine Sprachbefehle reagiert. Ich habe es so geplant, dass es morgen mit einem Wissenschaftsshuttle die Bucht verlässt."

Sie nickte, und ihre Brust fühlte sich hohl an, als ihr klar wurde, dass dies das letzte Mal sein würde, dass sie ihn sah. Er schien ihre Emotionen zu teilen, denn plötzlich lag sein Mund auf ihrem und er beanspruchte ihre Lippen mit einem Kuss. Sie schlang beide Arme um seinen Hals und ihre Füße hoben vom Boden ab. Er war der gefährlichste Mann, den sie je getroffen hatte.

Und doch fühlte sie sich bei ihm so sicher wie nie.

Als er sich schließlich zurückzog, krallte sie sich an seinen Hals und drückte ihre Stirn an seine. „Pass auf dich auf. Und schließe dich uns an, wenn du kannst."

Er legte seine Hände auf ihre Schultern und schob sie sanft weg. „Du wirst mich nicht wiedersehen. Leb wohl, Attie."

Dann drehte er sich auch schon um und verließ ihr Quartier.

Als die Tür hinter ihm ins Schloss fiel, klammerte sich Attie verzweifelt an die Decke um ihren nackten Körper. Noch nie hatte sie sich in ihrem Leben so allein gefühlt wie in diesem Moment. Mit einem schweren Seufzer drehte sie sich zu ihrem Schrank. Was packte man in seinen Koffer, wenn man plante, sich einer Rebellion anzuschließen?

KAPITEL SECHZEHN

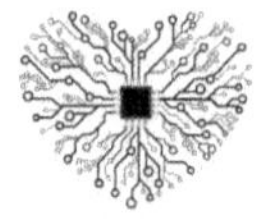

Mit dem Kopf gesenkt und seiner kybernetischen Hand in seiner Hosentasche entfernte sich Doug von Atties Quartier und lief durch den Korridor. Er hasste es, sie in solcher Eile zurückzulassen, aber er hatte eine Warnung erhalten, dass einer der Assistenten des Arztes das Labor betreten hatte. Der Mitarbeiter hatte ein Polycom geholt und war wieder verschwunden, ohne nach den Cyborgs zu schauen, nur hatte er Doug so daran erinnert, dass es nur eine Frage der Zeit war, bis es jemand anderes tat.

Am Ende des Korridors wartete eine kleine Menschengruppe auf den Aufzug. Doug hatte sein kybernetisches Auge wieder ausgeschaltet, damit das Licht nicht übermäßig auffiel, aber es machte ihn nervös, sich unter die Besatzungsmitglieder zu mischen, also entschied er, auf die nächste Kabine zu warten. Als er den Aufzug schließlich betrat, sorgte er dafür, dass bei den Stopps niemand dazustieg. Nur hatte er nicht damit gerechnet, dass eine Frau plötzlich auftauchen und sich durch die Tür quetschen würde.

Sie sah ihn aus dem Augenwinkel an, wandte den Blick hastig ab und entließ einen zittrigen Seufzer.

Auch ohne seine besonderen Fähigkeiten konnte er ihren rasenden Herzschlag wahrnehmen. *Verdammt, weiß sie, wer ich bin?*

Mit einem Mal drehte sie sich mit roten Wangen zu ihm um und lächelte ihn mit flatternden Wimpern an. „Ich bin dir noch nie begegnet. Bist du neu?"

Sie flirtete. Mit ihm. Er blinzelte ratlos und versuchte es dann mit einem angespannten Lächeln.

Ihr Lächeln wurde breiter.

Verdammt, ermutige sie nicht! Das plötzliche Adrenalin in seinen Adern führte dazu, dass ihm schlecht wurde.

Die Tür öffnete sich und die Frau zog hoffnungsvoll die Augenbrauen hoch. „Ich esse jeden Tag in der Kantine zu Mittag. Vielleicht sehen wir uns dort?“

Er nickte, als sie aus der Kabine trat. Da sie immer noch über ihre Schulter zu ihm sah, krachte sie in zwei Männer. Doug nutzte die Gelegenheit und gab den Befehl, dass sich die Tür schloss, bevor jemand anderes einsteigen konnte.

Erleichtert, endlich allein zu sein, lenkte er die Kabine nach unten und verfolgte seine Schritte zurück. Nachdem er eine Stunde im engen Wartungstunnel gewartet hatte, bis die Wachen den Schichtwechsel durchführten, eilte er schließlich durch den Korridor in die Konkubinenkammer.

Claudia schaute auf, als er eintrat. Das Buch, das sie gelesen hatte, fiel auf ihren Schoß, und sie starrte ihn mit weit aufgerissenen Augen an. „Wo kommst du denn her?“

Doug erstarrte. Er hatte sie völlig vergessen. *Ich versprach, sie rauszuholen.* Vielleicht könnte er sie und Attie zusammen in das Shuttle setzen, dann würde sich Attie nicht so allein fühlen. Außerdem hätten dann die nach Gefährtinnen suchenden Denaidaner jemand anderes, auf den sie sich mit ihrer Sehnsucht stürzen konnten. Der bloße Gedanke, dass ein anderer Mann Attie berührte, löste in Doug den Drang aus, die Wand einzureißen.

„Kommen die anderen auch?" Claudia rutschte auf dem Liegestuhl zurück.

Er erkannte zwei Dinge: Zum einen hatte er nicht auf ihre erste Frage geantwortet. Zum anderen starrte er bewegungslos – und bedrohlich – in ihre Richtung. Er war es nicht gewohnt, unlogische Gedanken zu haben, geschweige denn Gefühle, und alle seine Emotionen rund um Attie Swan waren genau das. Unlogisch. *Konzentriere dich auf die Dinge, die möglich sind.* Wie darauf, Claudia zu befreien. Er wies seine Naniten an, seinen steigenden Blutdruck zu kontrollieren, und öffnete seine Hände in einer Geste des guten Willens.

„Möchtest du hier weg?", fragte er.

„Ist Attie ..." Claudias Blick ging zur Tür, durch die er gekommen war. „Hast du ihr geholfen, zu entkommen?"

„Ja." Er trat näher. „Wenn du von hier verschwinden willst, kann ich dir auch helfen."

Sie leckte sich die Lippen und warf einen Blick auf das Buch in ihrem Schoß. „Würde ich trotzdem bezahlt werden? Ich kann sonst nirgends hingehen."

Seine Brust fühlte sich beengt an. Er kannte

dieses Gefühl der Hilflosigkeit. Das Gefühl, keine Wahl zu haben und zu etwas getrieben zu werden, nur um zu überleben. Er überprüfte schnell ihre Akte und stellte fest, dass sie aus einem Bordell auf einem von Alleighs Monden gekommen war. Admiral Olly selbst hatte sie für das Programm empfohlen. Darüber hinaus konnte er keine Informationen zu ihr finden; das war jedoch nicht überraschend – viele Kinder aus Elendsvierteln wurden ohne Aufzeichnungen geboren. „Ich werde dafür sorgen, dass du Geld hast. Aber du darfst niemandem von deiner Zeit hier erzählen.“

Sie schloss das Buch und legte es beiseite. „Wenn ich trotzdem bezahlt werde, dann zum Teufel, ja, hol mich hier raus.“

Die Antwort eines Söldners, aber er verstand. Er war unter Leuten wie Claudia aufgewachsen. Solange das Geld weiter reinkam, konnte man sich auf sie verlassen. „Gut. Ich werde mich beim nächsten Schichtwechsel mit Anweisungen bei dir melden.“ Er drehte sich zur Tür, die zum Labor führte. „Halte dich bereit.“

Sie nickte, als er sie passierte.

Zurück im Labor eilte er auf seine Zelle zu und ließ dabei den Blick kritisch über den Bereich schweifen. Die zerbrochenen Reagenzgläser waren zusammen mit Brix' Blut entfernt worden, die Computer heruntergefahren. Vor den Zellentüren funkelten die Kraftfelder, und er konnte die Formen der anderen Cyborgs dahinter ausmachen.

Nachdem er in seine Zelle getreten war, aktivierte er sein eigenes Kraftfeld und atmete dann tief ein, um runterzukommen. Er hatte das Labor verlassen und war zurückgekommen, bevor jemand seine Abwesenheit bemerken konnte – etwas, das er für unmöglich gehalten hatte. Die vertrauten grauen Wände seines Bereichs gaben ihm das Gefühl, nach einem lieblichen Traum in einen Albtraum zurückgekehrt zu sein. Die vielfältigen Dinge und Empfindungen, die er außerhalb des Labors erlebt hatte, hatten ihn daran erinnert, dass nicht alles als Informationsbytes existierte. So viel virtuelle Freiheit ihm seine Naniten auch erlaubten, sie konnten die tatsächliche Erfahrung nicht ersetzen.

Seine Realität jedoch war hier – als Sklave von Syndicorp. Er war immer ein Werkzeug für jemand anderen gewesen – von dem Moment an, als er und Lisa sich dieser Straßengang auf der Whylon Station angeschlossen hatten. Seine Versklavung war einer der Gründe, warum er entschlossen war, seiner Schwester zu helfen, in Freiheit zu leben. So konnte er stellvertretend durch sie leben. *Und jetzt durch Attie.*

Er hackte sich in den Feed ihres Zimmers. Sie würde sich freuen, zu erfahren, dass Claudia mit ihr kommen wollte. Attie lag unter der Bettdecke und schlief. Eine halb gepackte Tasche lag in der Nähe ihres Kleiderschranks auf dem Boden.

Da er sie nicht wecken wollte, entschied er sich gegen die Benutzung des Lautsprechers. Sie sah so atemberaubend schön aus. Er setzte sich auf seine Koje und strich über das raue Material, sodass er an die weiche Decke auf ihrem Bett erinnert wurde, an den Rosenduft ihrer Haare, die Art und Weise, wie ihr Lächeln es schaffte, dass sich sein Herz leichter anfühlte. Bei der Erinnerung an ihr Stöhnen und ihren erregenden Körper rauschte das Blut zu seinem Schritt. Er konnte sich nicht an eine Zeit erinnern, in der er sich lebendiger gefühlt hatte als in den letzten Stunden mit ihr.

Er sollte seine Erinnerungen löschen, damit keine Chance bestand, dass ihre Verbindung zu ihm entdeckt wurde. Nur war er noch nicht bereit, sie aufzugeben. Stattdessen vergrub er alle Hinweise auf Attie tief in seinen Prozessoren, gleich neben den Informationen über seine Schwester und die Rebellen.

Twobits Stimme drang in seinen Kopf: *Wie ist es gelaufen? Hast du die KI zerstören können?*

Du warst lange weg, fügte Brix hinzu.

Er konnte spüren, wie die Cyborgs im Hintergrund zuhörten. Jedoch durfte er nicht riskieren, den anderen Cyborgs von der empfindungsfähigen KI zu erzählen, wenn Dollard in der Lage war, in ihren Erinnerungen herumzustochern. Ein weiteres Geheimnis, das er begraben oder löschen musste. *Die Sache mit der KI ist erledigt,* antwortete er.

Ich habe Tia gefunden, sagte Esben. *Sie ist im Klonlabor.*

Mit einem Stöhnen senkte Doug sein Gesicht in seine Hände. Er wusste, dass Esben Tia und das Baby von Dollard wegbringen wollte. Wenn sie aber eines von Dollards Projekten war, wusste er nicht, wie sie die Frau rausschmuggeln sollten.

Bevor du mir sagst, dass es unmöglich ist, sie zu befreien, höre mir zu, sagte Esben. *Wir täuschen ihren Tod vor. Wenn sie ins Leichenschauhaus geschickt wird, holen wir sie raus.*

Dollard wird sie nicht ohne Autopsie in die Leichenhalle schicken, sagte Benjy.

Doug wollte gerade zustimmen, als er Bewegung im Labor bemerkte. *Dollard ist zurück,* entgegnete er, jeder Muskel in seinem Körper plötzlich angespannt. Zwei Wachen folgten dicht hinter dem Arzt. *Normal verhalten.*

„Raymond!" Dollards Stimme hallte durch das Labor, als er sich umschaute.

Das ist der Name des Assistenten, flüsterte Brix durch die Verbindung, als befürchtete er, gehört zu werden.

Sag bloß, zischte Rust.

Dollard marschierte mit einem finsteren Ausdruck zu einem Computer. Innerhalb weniger Augenblicke zeigte sein Gesicht Schock. „Ich kann nicht ..." Er drehte sich zu den Sicherheitsmännern und deutete auf die Zellen. „Vergewissern Sie sich, dass jedes Testobjekt in seiner Zelle ist."

Scheiße, verdächtigt er bereits jetzt einen von uns?, fragte Esben.

Ich wette, die Hölle wird ausbrechen, sagte Rust übermütig.

Bleibt ruhig, warnte Doug, als ein Wächter an seiner Zellentür erschien und zu ihm reinspähte. *Nach uns zu sehen, gehört zu den Vorschriften, das ist alles.*

Solange niemand in den Kryo-Pod schaut, ist alles okay, oder?, fragte Emilryde.

Ja, antwortete Doug, obwohl er alles andere als überzeugt war.

Dollard war zurückgekehrt, um die Daten seines Mitarbeiters durchzugehen, während die Wachen von einer Zelle zur nächsten wanderten. Als sie die letzte erreichten, wandte sich einer an den Arzt. „Es sind alle hier, Sir."

Dollard unterbrach seine Computerarbeit und öffnete einen Kommunikationskanal. „Jinson, wir sind bis auf Weiteres im Lockdown. Niemand kommt rein oder raus."

„Wie schlimm ist es, Sir?"

„Wir hatten eine Datenpanne. Bereithalten, um Protokoll Acht zu initiieren."

Dougs Blut verwandelte sich zu Eis.

Was ist Protokoll Acht?, fragte Brix.

Für eine Antwort brauchte es nur ein Wort: *Termination.*

KAPITEL SIEBZEHN

Attie sah sich ein letztes Mal in ihrem Zimmer um und stellte sicher, dass sie nichts vergessen hatte. Alles war ordentlich, von der Decke auf ihrem Bett bis zu den Uniformen in ihrem Schrank. Sie hatte die wenigen zivilen Kleidungsstücke, die sie besaß, ihre Toilettenartikel und einen Holo-Würfel mit Bildern ihrer Familie in ihre Tasche gepackt. Der Rest ihrer Erinnerungsstücke befand sich ohnehin auf Alleigh. *Wahrscheinlich sowieso besser, mit leichtem Gepäck zu reisen,* dachte sie. Zumindest hielt der Gedanke, Marlis wieder zu sehen, die Tränen zurück.

Sie nahm Twerps Scheibe und steckte sie auf das Armband. „Kann es losgehen, Twerp?"

„Ja, Attie. Soll ich meine Sensoren an deine biometrische Signatur anpassen?"

„Ich denke, es ist besser, wenn wir dich vorerst außer Sichtweite halten. Ich verstecke dich in meiner Tasche. Schön ruhig sein, okay?" Sie steckte das Gerät in die Innentasche ihres Rucksacks und hob den Riemen über ihre Schulter.

Als sie ein letztes Mal in den Spiegel schaute, richtete sie die weinrote Bluse und die anthrazitfarbene Leggings. Sie hatte darüber nachgedacht, ihre übliche Uniform zu tragen, aber es könnte verdächtig sein, wenn jemand von der Verwaltung ein Shuttle betrat; in Zivilkleidung konnte sie zumindest behaupten, auf dem Weg zu einem Landgang zu sein.

„*Nebulas*, ich mache das wirklich." Sie ließ alles zurück. *Einschließlich Doug.*

Die Piraten hatten versagt, als sie ihn befreien wollten, und jetzt verließ sie ihn auch. Sicher, er hatte gute Gründe, zurückzubleiben, es machte sie jedoch krank, dass das Unternehmen, dem ihre Familie seit Generationen treu diente, so korrupt geworden war. Sklaverei war vor Jahrhunderten im Syndicorp-Sektor verboten worden, aber was waren Doug und die anderen Cyborgs, wenn nicht Sklaven?

Schlimmer als Sklaven. Laborratten.

„Ich kann ihn nicht einfach hier zum Sterben zurücklassen“, murmelte sie.

In ihrem Rucksack hörte sie Twerps gedämpfte Stimme: „Ich nehme an, du sprichst von Doug. Warum lassen wir ihn zurück?“

„Er hat wohl Naniten in seinem Körper, mit denen Syndicorp ihn töten kann, wenn er versucht, zu entkommen.“

„Oje! Ich habe Naniten! Glaubst du, ich bin auch in Gefahr?“

Atties Finger und Zehen wurden kalt. „Wie bitte?“

„Ich habe die gleichen Naniten wie Doug.“

Attie ließ die Tasche fallen und kramte nach Twerp. „Ich dachte, die Naniten wären Teil des streng geheimen Testprogramms. Wieso hast du plötzlich welche?“

„Als Marlis sie hatte, haben sich ein paar in meine Schaltkreise gegraben, bevor ihr Immunsystem sie alle zerstören konnte. Sie sind für die biologische Integration konzipiert, aber ich konnte den Basiscode anpassen, um ihn effektiv mit meiner Programmierung zu kombinieren.“ Mit Stolz sagte Twerp: „Meine Prozessoren können über 30 Operationen pro Millisekunde ausführen.“

Attie erinnerte sich, dass Doug erwähnt hatte, dass Marlis die Naniten an einem bestimmten Punkt verloren hatte. „Warum hat Doug nicht bemerkt, dass du Naniten hast?"

„Das hat er. Deshalb wollte er mich vernichten. Aber ich konnte ihn aufgrund meiner Programmierungsanpassungen blockieren." Twerp machte ein surrendes Geräusch. „Vergleichende Analyse abgeschlossen. Ich glaube, meine Iteration der Naniten wird gegen ein externes Terminationsprogramm resistent sein. Wir können mit der Evakuierung fortfahren."

Nur bestand Atties Ziel nicht länger darin, zu fliehen. Zumindest nicht ohne Doug. „Twerp, wenn du dein Programm mit Doug teilst, könnte er sich dann auch neu programmieren, um dem sicheren Tod zu entkommen?"

„Es ist möglich. Ich habe jedoch keine Möglichkeit, ihn zu kontaktieren. Mein drahtloses System funktioniert immer noch nicht richtig."

Attie ging in ihrem kleinen Zimmer auf und ab. Wenn sie das nur gewusst hätte, bevor Doug gegangen war, dann hätte er vielleicht mit ihr kommen können. Es musste einen Weg geben, ihm die Informationen zukommen zu lassen. Wenn sie zu Ebene Drei zurückkehrte, würden sie sie wieder in die Konkubinenkammer sperren? Sie hatte noch ihre Uniform. Das wäre eine Möglichkeit, zu Doug zu kommen.

Dann erinnerte sie sich an den Chip aus Dougs Herz. Sie hatte ihn zur Aufbewahrung in den Saum ihres Rocks geschoben. „Twerp, ich möchte etwas ausprobieren.“

„An was denkst du?“

Attie fischte die orangefarbene Konkubinenaufmachung aus ihrem Wäschekorb und löste den Chip aus dem Saum. Anschließend entfernte sie Twerp von dem Armband, sodass sie das Gehäuse öffnen konnte. „Doug meinte, dieser Chip könnte ihm aus der Ferne Zugriff auf deine Programmierung geben.“ Sie platzierte den Chip auf Twerps freiliegende Schaltkreise, wie Doug es ihr gesagt hatte. „Kannst du es umkehren, um ihn zu erreichen?“

„Ich werde mich bemühen. Glaubst du, wenn wir ihn retten, wird er zustimmen, mir zu helfen, eine zweibeinige Einheit zu erwerben?“

Attie hielt das Gerät fest in der Hand, was einem Händedruck nahekam. „Twerp, wenn das funktioniert, werde ich selbst einen Weg finden, dir eine zu besorgen.“

*D*ougs Kopf schmerzte. In den letzten Minuten hatten sich die Cyborgs darüber gestritten, was sie als Nächstes tun sollten. Vier Männer mit Pulswaffen und in Ganzkörperausrüstung standen Wache, als zwei Spezialisten des IT-Teams den Computer des vermissten Mitarbeiters demontierten. Indessen war Dollard fast fertig damit, ein tragbares Laufwerk an eine der Cyborg-Diagnostikstationen anzuschließen.

Scheiß drauf, sagte Rust. *Wenn ich untergehe, nehme ich das ganze Labor mit.*

Warte, beharrte Doug. *Wir sind zu wertvoll. Er wird uns nicht einfach abstellen, ohne zuvor unsere Daten herunterzuladen. Warte, bis einer von uns aus der Zelle geholt wird, damit wir sicher sein können, Dollard zuerst zu treffen.*

Ich muss Tia und das Baby hier rausholen, sagte Esben.

Ich wünschte, ich könnte meiner Tochter eine Nachricht schicken, flüsterte Benjy.

Wenn er den Cyborgs eine andere Aufgabe gab, würde Rust vielleicht etwas länger mitspielen. Doug übermittelte den Algorithmus, mit dem er die dämpfenden Schilde umging. *Auf diese Weise könnt ihr auf das galaktische Netz zugreifen. Kümmert euch um eure Angelegenheiten.*

Heilige Scheiße, sagte Twobit. *Konntest du das schon immer tun?*

Rusts Lachen knisterte über die Verbindung: *Scheiße, das ist cool.*

Plötzlich verschwand das Kraftfeld vor Dougs Zelle.

„Rauskommen. Wir beginnen mit den Diagnostiken", befahl Dollard.

Oh fuck, sagte Twobit.

Doug war nicht überrascht. Er war das hochentwickeltste Model. Es ergab Sinn, seine Daten zuerst herunterzuladen. Er bewegte sich roboterhaft auf den Untersuchungstisch zu. Vier Wachen waren auf ihn konzentriert. Das letzte Mal, als Pulswaffen im Labor eingesetzt wurden, waren viele Daten zerstört worden, was Dollard wütend gemacht hatte. Doug wusste, dass diese Wachen den Befehl erhalten hatten, sich zurückzuhalten – zumindest solange keine Gefahr bestand.

Das bedeutete, dass Dougs erster Angriff wirklich reinhauen musste.

Wartet, bis ich Dollard ausgeschaltet habe, bevor ihr etwas unternehmt, wies er die anderen Cyborgs an, als er sich mit erzwungener Ruhe dem Untersuchungstisch näherte. Er musste dem Arzt nah genug sein.

Nur trat Dollard zurück und wies auf das Hardline-Kabel. „Verbinde dich selbst.“

Doug betrachtete das Kabel und dachte darüber nach, den Befehl zu verweigern, um Dollard so zu zwingen, es selbst zu tun. Wenn er jedoch Widerstand leistete, könnte Dollard entscheiden, ihn zuerst aus dem Weg zu schaffen, dann das Kabel befestigen und käme so auch an die Daten, bevor Dougs Naniten inaktiv wurden. Er musste abwarten.

Auf dem Untersuchungstisch blockierte er so viele seiner Schaltkreise wie möglich mit Firewalls. Es konnte den Download nicht stoppen, aber es würde den Prozess verlangsamen und Dollard zwingen, nachzuforschen. Doug nahm das Hardline-Kabel und steckte es in seine Schädelöffnung.

Daten flossen fast schmerzhaft schnell von seinen Prozessoren in den Speicher.

Dollard drückte ein paar Tasten und blickte mit einem finsteren Ausdruck auf seinen Monitor. „Du drosselst den Datenfluss. Runter mit den Firewalls.“

Doug wollte, dass der Arzt näherkam, und so

rollte er den Kopf von links nach rechts und stöhnte unbehaglich. „Ich glaube, es gibt ein Problem mit meinem Zugang. Raymond hat gestern einige Anpassungen vorgenommen, bevor er gegangen ist.“

„Ich hätte es wissen müssen.“ Dollard machte ein angewidertes Geräusch. „Fahre fort, während ich ein Ersatzteil hole.“

Doug weigerte sich, Dollard etwas Wichtiges zu geben, also öffnete er einen Abschnitt mit Daten, von denen er wusste, dass das Labor sie bereits gespeichert hatte, während er darauf wartete, dass der Arzt das Ersatzteil aus einem Schrank holte.

Dann drang eine vertraute Stimme in seinen Kopf. *Ich grüße dich.*

Doug erstarrte und erkannte die Quelle der Verbindung. Der Chip, den er Attie gegeben hatte. *Twerp?*

Attie bat mich, dich zu kontaktieren.

Dollard kam mit dem Ersatzteil in der Hand zurück. Bei einem Blick auf den Bildschirm blinzelte er mehrmals. Er näherte sich dem Monitor, ließ das Ersatzteil fallen und tippte einen Befehl ein. „Woher kommt diese Übertragung?“

Von Panik getrieben riss Doug das Kabel aus seinem Schädel und setzte sich auf. Aber es war zu spät; Dollard hatte die Kommunikation gesehen und versuchte bereits, sie zurückzuverfolgen – was ihn direkt zu Attie führen würde.

Unbehelligt fuhr Twerp fort: *Ich habe Änderungen an den Naniten vorgenommen, die es dir ermöglichen sollten, den Terminationscode zu blockieren. Die Installation erfordert einen vollständigen Neustart.*

Doug hatte kaum Zeit, darüber nachzudenken, was das bedeutete, als die Wachen Pulsgewehre auf ihn richteten. Jetzt oder nie. Er stürzte sich auf Dollard, als Twerps neues Programm seine Prozessoren flutete. Anstatt sich vom Untersuchungstisch zu erheben, fiel Doug auf den Boden und war plötzlich nicht mehr in der Lage, seine Beine zu kontrollieren. *Was zum ...*

Dollard drehte sich aschfahl um und schnappte sich das tragbare Laufwerk, als die anderen Cyborgs aus ihren Zellen platzten. Der Arzt rannte an den Wachen vorbei in Richtung Ausgang.

Doug beobachtete hilflos vom Boden aus, wie Dollard das biometrische Bedienfeld berührte, um die Tür zu öffnen. Er wusste, dass Dollard in dem Moment, in dem er das Labor verlassen hatte, die Termination einleiten würde. Die Cyborgs hatten weniger als eine Minute zu leben. *Es sei denn, Twerps Code funktioniert.*

Sofort schickte er den Code an die anderen Cyborgs. *Installiert ihn und startet euch neu. Schnell.* Ein Neustart würde sie für wertvolle Sekunden offline nehmen und sie hilflos machen, aber es blieb ihnen keine andere Wahl.

In dem Moment, in dem er den Neustart eingeleitet hatte, fror sein kybernetisches Auge, beide Beine, ein Arm und sein Herz ein. Unfähig, sich zu bewegen, beobachtete er, wie die Wachen rückwärts auf die Tür zuliefen und so Dollard und den Mitarbeitern Rückendeckung gaben. Drei der vier Männer erreichten den Ausgang, der vierte jedoch krachte gegen einen Schreibtisch.

Dollard wartete nicht. Er schlug auf das biometrische Bedienfeld auf der anderen Seite.

„Sir!", rief der Wachmann, der die Tür erreichte, als sie sich versiegelte. Mit weit aufgerissenen Augen drehte er sich zu den Cyborgs um.

Sie alle waren mitten in der Bewegung eingefroren. Wie es schien, hatten auch sie Twerps Programmierung installiert.

Alle außer Rust.

Rust marschierte vorwärts und steckte zwei Pulsschüsse ein, als wären sie lediglich eine kleine Unannehmlichkeit. Dann riss er die Waffe aus dem

Griff der Wache und brach dem Mann das Genick. Laut brüllend attackierte er die geschlossene Tür und schlug mit beiden Fäusten darauf ein, sodass er das Metall verbeulte.

Eines nach dem anderen gingen Dougs kybernetische Teile wieder online. Sein erneuerter Herzschlag ließ seine Brust schmerzen und die Luft verbrannte seine Lungen, aber er lebte. Er konnte nicht sicher sein, dass Twerps Programm sie schützen würde; zu diesem Zeitpunkt hatten sie jedoch nichts mehr zu verlieren. Er rief: „Rust, führe die Installation aus!"

Rust gab der Tür einen letzten Schlag und knurrte: „Fuck!", bevor seine riesige Form bewegungslos wurde.

Doug stieß einen erleichterten Atemzug aus, als die anderen Cyborgs wieder erwachten, nach vorn stolperten oder gegen nahegelegene Schreibtische und Wände stürzten. Esben befand sich in der Nähe von Rust und berührte die Tür. „Der Türcode funktioniert nicht." Er schaute über seine Schulter zu Doug. „Kannst du sie öffnen?"

Doug versuchte, auf den Türcode zuzugreifen, doch auch er blieb erfolglos. Sein gesamtes System fühlte sich träge an, seine Naniten reagierten nicht so schnell, wie er es gewohnt war. „Nein. Ich muss wahrscheinlich den Algorithmus für unsere neue Programmierung aktualisieren."

Die Cyborgs tauschten unsichere Blicke aus. „Was haben wir uns gerade selbst angetan?", fragte Benjy.

„Der Terminationscode kann uns jetzt nicht mehr töten." Je mehr Sekunden vergingen, desto sicherer war sich Doug, dass Twerps Code tatsächlich funktioniert hatte.

Emilryde ging zu der Tür der Konkubinenkammer und versuchte, sie zu öffnen. „Bringt uns nur nicht viel, wenn wir hier festsitzen."

Twobit grinste und öffnete einen Schrank. „Oh, wir sitzen nicht fest." Er zog einen Chirurgenlaser heraus. „Wir haben die Waffen, die wir brauchen, um das Schiff zu übernehmen."

Während Twobit und Esben mehr Ausrüstung aus den Schränken zogen, jagte Doug einer Lösung für den Türcode hinterher. Leider erwies sich ein funktionaler Algorithmus als schwer fassbar. Es war, als hätten seine Naniten alle Logik verloren. *Sie haben nur ein paar Programmfehler,* beruhigte er sich. *Das ist bei einem nicht getesteten Programm normal.* Nur machte er sich Sorgen, dass er den Code nicht festnageln konnte. Wie sollten sie hier rauskommen? Und was hatte Dollard jetzt geplant?

Er stoppte seine Versuche an der Tür und griff stattdessen auf die Überwachungskameras zu. Das Dämpfungsfeld fühlte sich unglaublich stark an. Er kam nicht durch. Was hatte Twerp ihnen angetan? Dollard würde sich etwas einfallen lassen, um die Cyborgs zu zerstören, und Doug musste wissen, was kommen würde, um eine Verteidigung aufzubauen.

Was ist, wenn Dollard nun hinter Attie her ist? Seine Angst um sie war überwältigend. Der Arzt hatte Twerps Übertragung gesehen. Er konnte sie zu Attie zurückverfolgen. Doug rief jeden Algorithmus auf, den er sich vorstellen konnte, und versuchte, auf die Systeme in der Shuttle-Bucht zuzugreifen. Er musste sicherstellen, dass Attie von diesem Schiff kam. Das verdammte Dämpfungsfeld war jedoch undurchlässig.

Er ging zu einem der Computer und legte beide Hände darauf, in der Hoffnung, dass die Nähe seine Verbindung stärken würde. Die Laborcomputer waren vom Großrechner getrennt worden. Damit gab es keine Möglichkeit, sich aus dem Labor zu hacken.

Es sei denn, Twerp war noch mit dem Chip verbunden. Sie hatte nach dem Senden des neuen Programms aufgehört, mit ihm zu kommunizieren, aber das bedeutete nicht, dass sie die Verbindung getrennt hatte.

Doug schloss die Augen und spürte die vertraute Signatur. Er fühlte sich wie ein blinder Mann, aber schließlich nahm er die Verbindung wahr. Obwohl es der alte Algorithmus war, konnte er mit der KI in Kontakt treten. *Twerp, bist du da?*

Ja, Doug?

Eine quälende Welle des Schmerzes jagte durch Dougs Körper, und es folgten weitere.

Die anderen Cyborgs brachen um ihn herum zusammen und füllten das Labor mit Stöhnen.

Auch er stürzte zu Boden, sein Sichtfeld verschwamm. Er konnte nicht klar denken, konnte nicht handeln. Seine Naniten standen in Flammen. Und dafür konnte es nur eine Ursache geben.

Dollard hatte den Knopf gedrückt.

KAPITEL ACHTZEHN

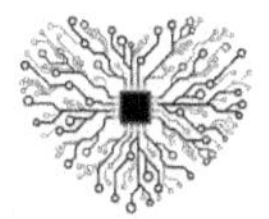

Ein Gewitter war über Twerps Schaltkreisen ausgebrochen und brutzelte qualvoll durch ihre Sensoren. Für eine Millisekunde dachte sie, Doug könnte versuchen, sie wieder zu zerstören. Dann erkannte sie, dass auch er Schmerzen litt.

Der Schmerz kam aus dem Chip.

„Twerp, was ist los?", fragte Attie.

Aber Twerp konnte nicht antworten. Die einzige Erklärung für den quälenden Schmerz, der sich durch jedes Byte ihrer Existenz schlängelte, war, dass jemand den Terminationscode benutzt hatte. Und sie war verletzlich. Aber warum? Es musste an dem Chip liegen, der noch die ursprüngliche Kodierung aufwies. Solange sie und

Doug verbunden waren, würde der Chip als Transmitter fungieren.

„Entferne den Chip", versuchte Twerp zu sagen. Was jedoch herauskam, war ein schreckliches knisterndes Geräusch.

Die Verbindung zum Chip hatte sie in eine Synchronschleife gezogen, sodass der Terminationscode wie eine Infektion übertragen wurde. Der Code erzeugte eine Resonanz wie die Technologie, die bei der Brennfrequenz eines Schiffes verwendet wurde, um schneller als das Licht zu reisen. Twerp kannte diese Frequenz. Sie hatte sie schon einmal studiert, als Marlis beschlossen hatte, die Naniten zu akzeptieren.

Es war eine andere Version der denaidanischen Paarungsfrequenz.

„Ich werde nicht zulassen, dass es mich umbringt", sagte Twerp, obwohl die Worte als abgehackter Unsinn herauskamen.

Dem Datenpfad folgend schoss sie in den Chip und darüber hinaus zur Quelle der Übertragung. Sie musste etwas tun. Irgendetwas. Wenn sie es nicht täte, würden sie und die Cyborgs alle sterben. Mit einer subtilen Änderung der Sinuswelle änderte sie die Frequenz.

Der Schmerz hörte auf.

„Twerp?" Attie entfernte den Chip, die Angst in ihrer Stimme auch ohne Twerps biometrische Sensoren zur Emotionsübersetzung wahrnehmbar. „Ist alles in Ordnung?"

Twerp war sich nicht sicher. Sie fühlte sich, als hätte sich ein Gewicht gehoben, aber es schwebte immer noch über ihr und wartete nur darauf, sie zu zerquetschen. „Jemand hat den Terminationscode aktiviert."

Attie schnappte nach Luft. „Was ist mit Doug? Hast du ihn erreicht? Geht es ihm gut?"

„Ich konnte meine Informationen weitergeben, aber ich kenne sein Schicksal nicht." Twerp wollte Attie nicht vorschlagen, den Chip wieder anzubringen, um eine Antwort auf die Frage zu bekommen. „Wir müssen gehen."

„Aber Doug –"

„Wenn er in der Lage ist, sich uns anzuschließen, kennt er unseren Plan", sagte Twerp. Ihre Schaltkreise vibrierten nach dem Angriff immer noch, aber zumindest war sie am Leben. Und das wollte sie auch bleiben.

———

So sehr sich Attie auch danach sehnte, Doug aus diesem schrecklichen Labor zu holen, wäre alles umsonst gewesen, wenn sie jetzt zurückging. So würde sie sich und Twerp lediglich auf einem Silbertablett servieren. Sie musste zum Shuttle gehen und akzeptieren, dass Doug zu ihnen kommen würde, wenn er dazu in der Lage war.

Attie schob Twerp und den Chip in ihren Rucksack und eilte aus ihrem Quartier zum Aufzug. Sie hob den Blick zu einer Überwachungskamera im Korridor. Beobachtete Doug sie?

Sie ging mit ein paar anderen Leuten in den Aufzug und justierte ihre Tasche, um Platz zu machen, als zwei Sicherheitsmänner in schwarzen Uniformen im letzten Moment dazu stiegen. Der Aufzug setzte sich in Bewegung und die Wachen … blieben ihr zugewandt, anstatt sich zu der Tür zu drehen, wie es die meisten Leute tun würden.

Ihr Magen drehte sich. Sie konnte die Gesichtszüge der Wachen durch die reflektierenden Helme nicht sehen. *Sie sind nicht hinter mir her,* versicherte sie sich.

Die anderen beiden Besatzungsmitglieder blickten verwirrt über ihre Schultern, und als sich die Tür wieder öffnete, verließen sie eilig die

Kabine. Ein Wachmann drehte sich um und stoppte eine Frau, die einsteigen wollte. „Bitte warten Sie auf den nächsten Aufzug."

Attie bewegte sich auf die Tür zu, ihre Nerven in heller Aufregung. „Ich würde auch gerne hier aussteigen."

Die Wache, die immer noch ihr zugewandt war, hob einen Arm und versperrte ihr so den Weg. „Wir möchten, dass Sie uns begleiten, Private Swan."

Nebulas, sie sind für mich hier. Die Tür glitt zu, und sie schluckte schwer, als der Aufzug seinen Abstieg fortsetzte. „Warum? Stimmt etwas nicht?"

Die Stille war so laut, dass sie wohl ihr pochendes Herz hören konnten. *Alles ist in Ordnung.* Sie war schon einmal in der Arrestzelle gewesen. Es war nicht angenehm, aber sie konnte nach einem Anwalt fragen, bevor Fragen gestellt wurden. Der Aufzug hielt an und die Tür glitt auf.

Panik klemmte sich wie ein Schraubstock um ihre Brust.

Dies war nicht die Ebene für die Arrestzelle. Sie war wieder auf Ebene Drei.

Die Wache, die ihr zugewandt war, sagte: „Kommen Sie mit."

Der Korridor zum Sicherheitsbüro des Labors erstreckte sich wie ein Spießrutenlauf vor ihr. Sie konnte sich nicht bewegen. Sie konnte nicht sprechen. Die Wache nahm ihren Arm und zwang sie aus dem Aufzug. Sie hielt den Rucksack an ihre Seite und folgte ihm wie ein Fisch am Haken. „Wo gehen wir hin?"

Die Wachmänner antworteten nicht. Der größere legte seine Hand auf den biometrischen Scanner, um die Tür am Ende des Korridors zu öffnen. In dem Raum vor ihr stand der Mann, der ihr die Konkubinenkleidung gegeben hatte, die Arme vor seiner schwarzen Uniform verschränkt und das Kinn gesenkt. Der Arzt, der den Kuss zwischen ihr und Doug unterbrochen hatte, saß auf einem Stuhl. Die glänzenden schwarzen Haare und der makellose weiße Laborkittel ließen ihn künstlicher erscheinen als alle Cyborgs zusammen. Er hob seinen Blick von den Computermonitoren, um sie aus dunklen, kalten Augen zu beurteilen. Er erinnerte sie an eine Eidechse.

Nebulas. Das musste der Mann sein, von dem Doug sagte, dass er das Labor leitete. Der Wissenschaftler, der Twerp auseinandernehmen würde. Das Monster, das im Namen von Syndicorp an menschlichen Testpersonen experimentierte.

Ein Wachmann schubste sie zu einem Stuhl und zwang sie, sich zu setzen, bevor er ihr die Tasche aus den Armen riss und sie neben dem Arzt auf den Schreibtisch stellte.

Attie leckte sich über ihre Lippen, versuchte, unschuldig auszusehen, und betete, dass Twerp still blieb. Das Letzte, was sie jetzt brauchte, war die KI mit dem großen Mundwerk. „Wenn ich verhaftet werde, verlange ich, mit einem Anwalt sprechen zu können."

Der Arzt brachte seine Finger unter seinem Kinn zusammen und starrte sie an. „Die Gesetze von Syndicorp gelten hier nicht. Ich empfehle dir, zu kooperieren."

„Dies ist ein Syndicorp-Schiff und ich bin ein Syndicorp-Bürger. Ich habe Rechte. Was Sie tun, ist verwerflich und muss aufhören." Sie schnappte den Mund zu und erkannte, dass sie vielleicht zu viel gesagt hatte. „Ich möchte mit dem Admiral sprechen." Sie wollte aufstehen, aber einer der Sicherheitsmänner legte eine schwere Hand auf ihre Schulter und hielt sie unten.

Der Arzt tippte mit den Fingern gegen seinen Mund. „Wir haben eine Übertragung zu deinem Quartier verfolgt. Du hattest ein beeindruckendes Abenteuer. Unternehmensspionage, nicht wahr, kleiner Private?"

Sie schluckte, ihr Mund so trocken wie ein

Wüstenplanet. Es war ihr nicht in den Sinn gekommen, dass jemand die Übertragung des Chips zu ihr und Twerp zurückverfolgen könnte. Aber alles, was sie tun konnte, war weiterhin zu leugnen, was er sagte, und zu hoffen, dass er keine konkreten Beweise hatte. „Ich weiß nicht, wovon Sie reden."

„Oh, ich denke, das tust du." Seine Augen schweiften über ihren Körper, nach unten und wieder hinauf, die Lippen zu einem freudlosen Lächeln verzogen. „Sich als Konkubine Zugang zu verschaffen, war ein mutiger Schritt. Wir haben ein wenig gebraucht, um deine Dateien wiederherzustellen. Hervorragende Vertuschung übrigens. Ich weiß diese Art von Gründlichkeit zu schätzen. Wenn wir das Nanitenprojekt nicht abgebrochen hätten, würde ich dich vielleicht als Testperson in Betracht ziehen."

Ihr Herz sprang ihr in die Kehle. Ihr blieb der Atem weg, als seine Worte bei ihr ankamen. *Das Nanitenprojekt.* Doug war tot? Sie war sich so sicher gewesen, dass Twerps Code ihn retten würde.

Er wedelte mit der Hand. „Diese Phase des Projekts ist jedoch vorbei. Du hast, was ich will." Mit einem abweisenden Geräusch öffnete er ihren Rucksack. „Jinson, durchsuche sie."

Die Wachen rissen sie auf die Füße, als der Mann namens Jinson mit einem Scanner vorrückte.

„Ich verlange, dass Sie mir auf der Stelle einen Anwalt an die Seite geben." Attie wehrte sich unter dem Griff der Wachen. „Sie haben kein Recht, mich oder meine Sachen zu durchsuchen."

Der Arzt zog alles aus ihrer Tasche, begutachtete jeden Gegenstand gründlich, während Jinson den Scanner über ihren Körper fuhr. Er stieß damit obszön zwischen ihre Beine, bis sie diese spreizte, und murmelte: „Ich wusste, dass etwas seltsam an dir war, als du das erste Mal durch mein Büro kamst."

Sie wollte ihm ins Gesicht spucken, aber ihr Mund war zu trocken, um Spucke zu produzieren. Das war der Mann, der sie betäubt und in einen Raum gestopft hatte, in dem sie hätte vergewaltigt werden können. „Das ist ein Missverständnis. Ich sollte nicht hier sein – was ich bereits zu Ihnen gesagt habe, als ich in diesen Vorraum kam, wenn Sie sich erinnern."

Plötzlich rief der Arzt: „Aha!" und hielt das Armband gegen das Licht, als würde es sich um einen kostbaren Edelstein handeln. „Was haben wir denn hier?"

Scheiße. Genau das, was sie sicher aufbewahren

sollte. Es war offensichtlich ein Fehler gewesen, den Chip zu verwenden. Aber was hätte sie sonst tun können? *Bitte bleib still, Twerp,* dachte sie, als sie ein Lachen herauszwang. „Danach haben Sie gesucht? Nach einer kaputten Service-KI?"

„Hältst du mich für einen Narren?" Der Arzt entließ beleidigt den Atem. „Dieses Ding ist ein Trojanisches Pferd im Rückwärtsgang, bestückt mit all meinen hart erarbeiteten Nachforschungen. Ich kann dir sagen, dass es nicht so einfach ist, von mir zu stehlen, wie du vielleicht denkst. Jinson, Scanner."

Die Wachen schoben Attie wieder auf den Stuhl, als Jinson den Scanner in Richtung der Scheibe ausrichtete.

Der Scanner piepte und ein breites Grinsen zeigte sich auf Jinsons Lippen. „Wie Sie vermutet haben, Sir. Es hat die Naniten."

Twerp platzte es heraus: „Bitte tu mir nicht weh!"

„Faszinierend." Er drehte das Armband um und betrachtete es aus allen Blickwinkeln. „Ich hätte nie gedacht, dass die Naniten mit einer KI kompatibel sein könnten, insbesondere mit einer KI ohne kybernetische Teile. Ich kann es kaum erwarten, diese Ergebnisse zu replizieren."

„Lass mich runter", sagte Twerp. „Attie, das ist genau der Grund, warum ich in einer mobilen Einheit installiert werden muss. Ich würde diesem Mann gerne ins Gesicht schlagen."

Die Gesichtszüge des Arztes zeigten nun Überraschung und der Funke in seinen Augen war nicht zu übersehen. „Eine KI, die Widerworte gibt. Interessant. Ich war wütend darüber, alle meine Daten mit den Cyborgs zu verlieren, aber diese kleine Entdeckung wird die ganze Mühe wert sein."

„Bitte was?", stotterte Attie. Es war sinnlos, so zu tun, als wüsste sie von nichts. „Was ist mit dem Leben dieser armen Cyborgs? Sie haben sie versklavt! Sie sind eine Schande für alles, wofür Syndicorp steht. Was Sie hier machen, wird irgendwann herauskommen und Sie werden ihre gerechte Strafe erhalten."

„Oh, ich denke nicht", sagte er selbstgefällig. „Der Ausdruck *Kein Mann wird zurückgelassen*, hat in meiner Branche eine gänzlich andere Bedeutung. Die automatische Zerstörungssequenz des Schiffes hat bereits begonnen. Tatsächlich liegen wir etwas zurück."

Atties Blut verwandelte sich in Eis. *Hatte er Zerstörungssequenz gesagt?* Ihr Blick flog zur Decke, wo die Notlichter blinken sollten. Warum heulten die

Sirenen nicht? „Es sind unschuldige Menschen an Bord!", sagte sie. „Sie wissen nichts von Ihrem Labor. Geben Sie ihnen wenigstens eine Chance, zu entkommen!"

Der Arzt hatte sich jedoch bereits abgewandt und ignorierte ihre Worte, als ob sie nicht im Raum wäre. Er schnallte das Armband um sein Handgelenk und sah zu den Wachen. „Ist meine Tochter am verabredeten Ort?"

„Auf dem Weg zur Bucht, Sir", antwortete der größere.

„Gut. Beendet die Angelegenheit hier und trefft mich dort." Der Arzt hob etwas auf, das wie ein kleines Computermodul aussah, und ging zur Tür.

Attie konnte nicht glauben, dass ein Monster wie der Arzt eine Tochter hatte, aber vielleicht bedeutete das, dass er Empathie empfinden konnte. „Es gibt so viele Töchter an Bord. Denken Sie –"

Nur hatte sich die Tür bereits hinter ihm geschlossen.

Stattdessen richtete sie ihre flehenden Worte an die Wachen: „Ihr könnt doch nicht zulassen, dass er alle auf diesem Schiff umbringt!"

Die Wachen interessierten ihre Worte genauso wenig wie den Arzt. Sie schoben sie durch eine unmarkierte Tür und sie landete hart auf ihren

Händen und Knien. In dem winzigen Raum befand sich neben einem medizinischen Stuhl mit baumelnden Fesseln rein gar nichts. Die Tür schloss sich hinter ihr, als sie auf die Füße kam und herumwirbelte. Sie war allein. Sie warf einen Blick auf den Stuhl, sah dann zurück zur Tür, die sich von innen nicht öffnen ließ. Panik umklammerte ihr Herz.

Niemand wusste, dass sie hier war, und selbst wenn sie es täten, war es so gut wie unmöglich, dass sie rechtzeitig kamen.

Sie würde mit dem Schiff untergehen.

KAPITEL NEUNZEHN

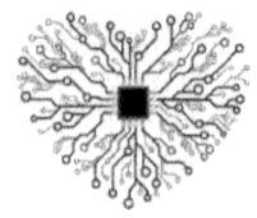

Doug stand vom Laborboden auf, während sich der Raum immer noch um ihn drehte. Er konnte sich nicht erinnern, jemals so viel Schmerz in seinem Leben verspürt zu haben. Auch war ihm noch nie so schwindelig gewesen. Mit der Androhung der Termination aus dem Weg geschafft, hatte Dollard keine Macht mehr über ihn. Nun hatte er die Chance, mit Attie zusammen zu sein – die Chance, ein Mensch zu sein. *Wenn ich es schaffe, zu entkommen.*

Die anderen Cyborgs rührten sich und fluchten um ihn herum. Rust stöhnte: „Was ist gerade passiert?"

Twobit stieß einen leisen Pfiff aus und schüttelte

erstaunt den Kopf. „Ich glaube, der Arzt hat versucht, uns zu vernichten."

Esbens Venen glühten unter seiner Haut, als er sich aufsetzte und die Seite seines Kopfes rieb. „Aber wir sind immer noch hier. Dougs Code hat funktioniert!"

„Es hat uns trotzdem umgehauen." Brix blutete wieder, diesmal von einer Wunde am Kinn, die er sich beim Fallen zugezogen haben musste.

Doug war vielleicht euphorisch, aber er wusste auch, dass der Aufschub nicht von Dauer sein würde. Zweifellos mobilisierten sich gerade die Trooper. Wie schnell würden sie hier sein? Er versuchte, Dollards Aktivitäten zu checken.

Das Dämpfungsfeld hätte genauso gut eine Stahlwand sein können.

Was zum Teufel? Er kniff in seinen Nasenrücken und sagte sich, dass er nur für einen Moment die Augen schließen müsste, um das Schwindelgefühl zu überwinden.

Rust nahm den Chirurgenlaser, den Esben zuvor lokalisiert hatte. „Wir brauchen Waffen, wenn wir uns die Freiheit erkämpfen wollen. Wie viele gibt es von diesen Lasern?"

Während die beiden Cyborgs anfingen, alles aus den Schränken zu ziehen, was sich als hilfreich erweisen könnte, legte Doug eine Hand auf einen Computer, in der Hoffnung, dass er mit direktem Kontakt ins Internet gelangen würde. „Waffen sind nutzlos, wenn wir nicht hier rauskommen." Die Systeme des Schiffes pulsierten unter seiner Handfläche, aber er kam nicht zu dem Herz. „Kann jemand diese Tür öffnen?"

Emilryde und Brix versuchten sich an der Tür. Nur war sie so konstruiert, dass sie auch die stärksten Cyborgs in Schach hielt. „Nein."

„Ich kann versuchen, sie auf die altmodische Weise zu hacken", sagte Twobit und setzte sich vor einen Computer. Seine Finger tanzten über die Tastatur und der Sicherheitscode der Tür erschien auf dem Bildschirm.

Doug hatte seit über einem Jahrzehnt nicht mehr vor einem Computer gesessen, um etwas zu hacken, aber es war einen Versuch wert. Er setzte sich vor die nächste Konsole und tippte los. Vielleicht konnte er Dollard auf diese Weise finden. Mehrere Firewalls zwangen ihn durch ein Labyrinth aus Codes und in eine Sackgasse nach der anderen. Der Datenaustausch war signifikant langsamer als er es gewohnt war, und das war frustrierend. Er fühlte sich wie ein Säugling, der lernte, sich zum ersten Mal umzudrehen.

„Ha! Ich hab's!", rief Twobit.

Alle im Raum, einschließlich Doug, drehten sich zu der Tür, die sich in dem Moment öffnete. Er war es nicht gewohnt, dass jemand anderes ihn beim Hacken schlug, aber er würde sich ganz sicher nicht beschweren.

Rust richtete seinen Laser in den leeren Bereich hinter der Tür. „Da ist niemand."

Die Cyborgs marschierten alle zur offenen Tür und mit Rust an der Spitze verließen sie das Labor. Über ihnen verfolgte die Sicherheitskamera ihre Bewegung. Wurden sie beobachtet? Die Tür zum Sicherheitsbüro am Ende des kurzen Korridors war zu.

Doug rief über die Schulter zu Twobit, der am Computer zurückgeblieben war: „Öffne die nächste Tür. Die Tür zum Sicherheitsbüro."

„Bin schon dabei."

Brix stellte sich neben Rust.

„Hier." Rust schob einen Laser in die Hand des großen blonden Cyborgs. „Lieber schnell ausbrennen als langsam verblassen, oder?"

Die Tür öffnete sich mit einem Zischen. Ein Strahl schoss von Brix' Waffe quer durch das Büro und hinterließ ein schwarzes Loch in der Wand. Das Büro war leer.

Rust verzog das Gesicht und nahm ihm die Waffe aus der Hand. „Fuck, sei vorsichtig." Er gab den Laser an Benjy weiter. „Das hätte eine Außenwand sein können, Mann."

Benjy trat in den Raum. „Wo sind alle?"

Doug folgte ihm und überprüfte die Ecken des Büros. Es war seltsam, dass kein einziger Sicherheitsmann zu finden war – selbst für den Fall, dass Dollard die Trooper für einen Angriff versammelte.

Die Türen zu den anderen Laboren waren geschlossen. „Behaltet die Türen im Blick", sagte Doug. „Es könnten immer noch Wachen in den Räumen sein."

Er ging zu den Computern und streckte die Hand aus, um einen der Monitore zu berühren. Dieser hatte Zugriff auf das Schiff, aber Twerps Programm hatte mehrere Pfade in seinen Schaltkreisen überschrieben, und seine alten Algorithmen synchronisierten nicht länger. Er musste neu anfangen. *Geh es langsam an,* sagte er sich und versuchte, nicht darüber nachzudenken, wie viele Jahre es gedauert hatte, bis er gelernt hatte, die Codezeilen zusammenzusetzen.

Der einfachste Hack für ihn waren schon immer

Kameras gewesen, und genau da begann er, seine Hand weiterhin auf dem Monitor. Nach ein paar Sackgassen gelang es ihm, auf die Kamera-Feeds des Schiffes zuzugreifen. *Wo zum Teufel ist Dollard?* Er stellte sich das glänzende schwarze Haar und den weißen Laborkittel des Arztes vor. Eine Aufzeichnung nach der anderen rollte ihm durch den Kopf, aber keine Spur von dem Arzt.

Twobit rutschte in den Schreibtischstuhl neben ihm und machte sich daran, den Weg zum Aufzug zu öffnen.

Tiefer und tiefer wagte sich Doug vor, bis er die Sicherheitsfeeds des Labors hinter einer weiteren Reihe von Firewalls fand. Es dauerte ein paar Minuten, aber er kam durch und scannte die Aufzeichnungen. Vor weniger als einer Stunde hatte es hier im Sicherheitsbüro eine Flut von Aktivitäten gegeben; zwei Wachen schoben einen Magnetstapler mit einem Kryo-Pod zum Aufzug, während Dollard sie überwachte.

„Was zum Teufel ist das?", fragte Benjy, der Doug über die Schulter sah. „Hat er den Assistenten gefunden?"

Doug hatte nicht bemerkt, dass er die Aufzeichnungen, die er sah, auf den Monitor weiterleitete. Aber es war nicht so, dass es eine Rolle spielte. Er hatte keinen Grund mehr, etwas zu verbergen. Diese Cyborgs waren auf seiner Seite. „Ich glaube nicht. Der Pod kam aus dem Klonlabor.“

Twobit fügte hinzu: „Er rettet, was er kann, bevor Syndicorp die Icarus in Weltraumstaub verwandelt.“

Rust sah ihn aus weit aufgerissenen Augen an, die Hand, die den Laser hielt, senkte sich an seine Seite. „Sie würden nicht ein ganzes Flaggschiff in die Luft jagen, nur um uns loszuwerden, oder?“

Ein ungutes Gefühl überkam Doug. „Unterschätze nicht, wie sehr das Unternehmen möchte, dass Dollards Projekte geheim bleiben.“

„Fuck, öffne diese Tür!“ Rust drehte sich dem Ausgang zu wie ein Welpe, der darauf wartete, herausgelassen zu werden.

„Tia ist in einem dieser Labore. Ich muss sie rausholen.“ Esben ging zu einer der unmarkierten Türen, seine lavendelfarbenen Adern strahlten noch heller, als er eine Hand auf das biometrische Bedienfeld legte. Die Tür bebte, öffnete sich einen Spalt und rutschte wieder zu.

Doug verstand Esbens Panik. Attie könnte noch

auf dem Schiff sein. Er musste sicherstellen, dass sie fliehen konnte, bevor hier alles den Bach runterging. Er schloss die Augen und konzentrierte sich auf die Kamera der Bucht. Das Shuttle stand noch an Ort und Stelle. Ein ungutes Gefühl überkam ihn. *Attie ist nicht dort.* Was bedeutete, dass sie irgendwo auf der Icarus war. Nur wo?

Er wechselte schnell zum Feed in ihrem Quartier, aber auch da war sie nicht zu finden. Er rollte das Kameramaterial zurück, bis er sie mit einer Tasche über der Schulter entdeckte, und folgte dann ihrem Weg den Korridor hinunter zum Aufzug. Zwei bewaffnete Wachen stiegen hinter ihr ein.

Sein kybernetisches Herz setzte einen Schlag aus.

In dem Moment rief Esben: „Äh, Doug, ist das nicht deine Konkubine?"

Rechtzeitig drehte er sich um, sodass er eine kleine Gestalt auffangen konnte, die auf ihn zu rannte.

„Doug!" Arme schlangen sich um seine Mitte und ihr Rosenduft wehte in seine Nase.

Seine Arme legten sich instinktiv um ihre Schultern. „Attie? Wo kommst du denn her?"

„Dieser schreckliche Arzt hat mich da eingesperrt", sagte sie.

Eine der Türen war teilweise aufgerutscht, das Bedienfeld daneben zerstört. Esben und Brix kümmerten sich bereits um die nächste Tür.

„Ich bin so froh, dass du lebst!" Attie neigte ihr Kinn und sah zu ihm auf. „Twerp konnte mir nicht sagen, was mit dir passiert ist."

Dollard hatte Attie zurückgelassen. Er bezweifelte allerdings, dass er das auch mit Twerp getan hatte. Gepresst fragte Doug: „Hat er die KI mitgenommen?"

„Ja, das hat er", antwortete Attie. „Ich konnte ihn nicht aufhalten." Sie lockerte den Griff um seine Taille und trat einen Schritt zurück. „Aber das ist im Moment nicht wichtig. Der Arzt hat die Selbstzerstörungssequenz des Schiffes aktiviert! Du musst sie abschalten!"

Doug knurrte. Der Einzige, der die Selbstzerstörung autorisieren konnte, war der Admiral. „Diese Codes kann ich nicht hacken, und selbst wenn ich es könnte, bin ich nicht dazu in der Lage, von hier etwas zu ändern. Zudem bräuchte ich die Schlüsselkarte des Admirals."

Benjy zeigte auf das Video des Korridors, das Doug in Echtzeit laufen ließ. „Wenn das Schiff kurz davor steht, in die Luft zu fliegen, warum wird die Besatzung nicht evakuiert?"

Attie schüttelte den Kopf, eine Hand umklammerte Dougs Arm in einem Todesgriff. „Er will, dass alle sterben. Wir müssen Alarm schlagen."

„Das müssen wir nicht", knurrte Rust. „Was wir jedoch tun müssen, ist von hier zu verschwinden." Er griff nach dem Werkzeug, das Esben heruntergefallen war, und arbeitete an der Tür, um die Ebene zu verlassen.

Esben öffnete eine weitere Tür, trat in einen Korridor und rief: „Tia! Tia?"

Attie sah Doug aus flehenden Augen an. „Auf diesem Schiff befinden sich Hunderte von unschuldigen Menschen. Familien mit Kindern."

Doug seufzte. Er war es nicht gewohnt, sich um irgendjemanden außer Lisa zu sorgen, aber Attie brachte ihn dazu, ein Held sein zu wollen. „Twobit, versuche, das Alarmsystem zu hacken. Rust und ich arbeiten an der Tür."

Twobit nickte grimmig und ließ seine Finger erneut über die Tastatur fliegen.

Doug trat zum Ausgang und legte seine Hand flach gegen den Verriegelungsmechanismus. Er sammelte seine Kraft zusammen, bei der sich seine Naniten auf ein fast unerträgliches Niveau erhitzten, sodass der Mechanismus durchbrannte. Der Geruch von heißem Metall und geschmolzenem Polymer erfüllte den Raum. Seine Naniten waren nicht für rohe Gewalt bestimmt, und so schwankte er von der Anstrengung, aber seine Arbeit zahlte sich aus, denn die Tür glitt auf.

Ein zusätzliches Sicherheitsschild versperrte jedoch den Weg.

„Kannst du es deaktivieren?“, fragte Attie.

Doug biss die Zähne zusammen, hob wieder die Hand und bereitete sich darauf vor, sich auch durch diese Barriere zu brennen. Es könnte ihn töten, aber zumindest hatten Attie und die anderen dann eine Chance, von hier zu entkommen.

Bevor er loslegen konnte, hob Rust seinen Laser und feuerte einen einzigen Schuss auf eine Stelle auf dem Türrahmen.

Der Sicherheitsschild verschwand.

„Wie ...“ Doug blinzelte Rust verwirrt an, der bereits zum Aufzug marschierte.

Rust rief über seine Schulter: „Diese Dinger waren schon immer nutzlos.“

Diese Cyborgs überraschten ihn immer wieder. Doug schüttelte den Kopf und schob Attie durch die Tür. Mit den Cyborgs dicht hinter ihnen bewegten sie sich auf den Aufzug zu.

Doug würde Dollard bis ans Ende der Galaxie verfolgen, um seinen schrecklichen Experimenten den Garaus zu machen.

Zuerst musste er jedoch alle von diesem Schiff herunterholen.

KAPITEL ZWANZIG

Mit klopfendem Herzen trat Attie in den Aufzug. Sie achtete darauf, dass Doug zwischen ihr und Rust stand. Die versuchte Vergewaltigung des rothaarigen Cyborgs hatte sie noch nicht vergessen, sie war jedoch froh, dass er ihre Anwesenheit kaum bemerkte. Mehr Cyborgs drängten sich hinein und zwangen Attie zurück an die Wand.

Der Cyborg mit den grauen Schläfen rief: „Twobit, Esben, kommt ihr?"

„Ich komme nach", antwortete Twobit. „Ich hacke das Notfallalarmsystem."

„Mach die Tür zu, Benjy", forderte Rust. „Wir müssen angreifen, bevor sie wissen, dass wir kommen."

Benjy betätigte den Knopf für die Shuttle-Bucht.

Attie verwob ihre Finger mit Dougs, schmiegte sich an seine Seite, als die Kabine nach unten fuhr. Er drückte ihre Hand und warf ihr einen beruhigenden Blick zu. „Wir bringen dich hier raus."

Der große blonde Cyborg schaute sehnsüchtig auf den Chirurgenlaser in Rusts Hand. „Ich wünschte, wir hätten mehr Waffen."

„Du bist ein Buchhalter, Brix. Du würdest dir wahrscheinlich das Auge rausschießen", erwiderte Rust.

Brix drückte die Schultern durch. „Ich habe sechs Jahre lang mit Bergbaulasern gearbeitet, bevor ich hinter den Schreibtisch gezogen bin, Arschloch. Ich komme klar."

Die Deckenleuchten blinkten plötzlich rot auf, gefolgt von dem stetigen Heulen der Evakuierungssirene. Eine ruhige, automatisierte Stimme sagte: „Bitte gehen Sie zur nächsten Evakuierungskapsel. Das Schiff wird sich in sechsunddreißig Minuten selbst zerstören."

Atties Finger festigten sich um Dougs, als Erleichterung sie überflutete. Ihre Freunde und Crewkollegen hatten jetzt zumindest eine Chance zu entkommen. Das bedeutete jedoch nicht, dass sie und Doug lebend davonkommen würden.

„Verdammt", sagte der dunkelhäutige enayshuanische Cyborg. „Ich hatte gehofft, wir würden die Shuttles erreichen, bevor der Alarm ertönt. Jetzt müssen wir gegen die Besatzung um ein Schiff kämpfen."

„Wir würden auf jeden Fall kämpfen müssen, Emilryde", sagte Benjy.

Die Aufzugstür glitt auf und enthüllte die große Bucht. Am anderen Ende rutschten die Schleusen auf; die Atmosphäre des Schiffes blieb durch ein Kraftfeld bestehen. Der Lärm von panischen Schreien und brüllenden Motoren war ohrenbetäubend.

„Was ist mit Twobit und Esben?", fragte Brix.

„Sie werden nachkommen." Doug stieg aus dem Aufzug und beobachtete, wie ein Besatzungsmitglied mit einem schweren Gerät in seinen Armen an ihm vorbeilief.

Das rotgesichtige Besatzungsmitglied musste bei dem massiven Cyborg zweimal hinschauen, lief aber weiter.

Attie sah sich nervös um. Der höhlenartige Raum wimmelte vor Menschen, die ihre

Habseligkeiten trugen und sich in Richtung verschiedener Schiffe bewegten. Wie sollten sie in diesem Chaos den Arzt finden und Twerp retten?

Doug zeigte auf ein großes Shuttle, wo ein Mann mit den blauen Schulterklappen eines Offiziers mehrere Passagiere an Bord führte. „Das ist das Schiff, das ich für Attie arrangiert habe. Es bietet ausreichend Platz für eine nachhaltige Reise. Wir müssen es nur für uns selbst sichern.“

Dünne Lichtstreifen schossen über die sternenbesetzte Schwärze hinter der Schleuse, als die Evakuierungskapseln von verschiedenen Ebenen abhoben.

Attie sah sich in der überfüllten Bucht um. „Wenn wir das Shuttle nur für uns selbst nehmen, können vielleicht nicht alle evakuieren.“

„Wir oder sie“, sagte Rust, bevor er mit Brix in die Menge eintauchte.

Wie um seinen Standpunkt zu beweisen, erhellte ein Pulsschuss die Luft in der Nähe eines Schiffes, das wie ein aufgeblasener Kugelfisch aussah. Anschließend folgte ein haarsträubender Schrei.

„Rust hat Recht.“ Doug legte eine Hand auf ihren Rücken und wies sie an, den Cyborgs zu folgen. Als sie sich widersetzte, runzelte er die Stirn und übte mehr Druck aus. „Ich will dich von diesem Schiff runterhaben. Geh mit den Jungs und lass mich nach Twerp suchen."

Attie konnte nicht alleine mit diesen Cyborgs ein Shuttle besteigen, geschweige denn Twerp und Doug im Stich lassen. „Wenn wir den Arzt finden, können wir sein Shuttle nehmen", schlug sie vor.

„Selbstzerstörung in neunundzwanzig Minuten." Die automatisierte Stimme war kaum über der Kakofonie in der Bucht zu hören. „Bitte begeben Sie sich zu den Evakuierungskapseln und erreichen Sie eine Position außerhalb des Explosionsradius."

Brix und Rust standen nah beieinander und schienen etwas zu planen. Attie hatte keine Zeit, sich zu fragen, was sie vorhatten. Sie suchte die Menge nach jemandem in einem weißen Laborkittel ab. Die Leute schienen einen Bereich auf der anderen Seite der Bucht zu meiden. Sie dachte, sie hätte glänzendes schwarzes Haar und einen makellosen weißen Kittel erhascht, bevor dieser jemand hinter einem Shuttle verschwand.

„Ich glaube, er ist da drüben!" Ohne auf Doug zu warten, rannte sie los und reihte sich in der Menge ein.

Hinter ihr rief Doug: „Verdammt, Frau!"

Attie wich einem verlassenen Werkzeugwagen aus und schob sich an einem Besatzungsmitglied vorbei, das Essensrationen herumtrug. Überall lagen Mylar-Beutel. Beinahe wäre sie auf einem ausgerutscht, sodass sie entschied, mit mehr Bedacht zu laufen. Doug raste an ihr vorbei, offensichtlich zielgerichtet auf das Shuttle. Besatzungsmitglieder, die ihn kommen sahen, traten aus dem Weg und öffneten einen Pfad, dem Attie folgen konnte.

Sie rannte hinter ihm her, ihre Atmung schwer. Nun wünschte sie sich, mehr Zeit in ihr körperliches Training gesteckt zu haben. Benjy und Emilryde holten auf und hielten mit ihr Schritt. Ein Zwei-Mann-Kampfjet flog über ihren Köpfen hinweg und durch die Buchttüren, dicht gefolgt von dem Schiff, das einem Kugelfisch ähnelte. Verdrängte Luft peitschte ihr die Haare ins Gesicht und schickte Trümmer durch den Bereich.

Sie umrundete die Nase des Shuttles und entdeckte erneut Doug, der sich unter Protest durch die Menge schob. In der Nähe der Laderampe des Shuttles beugte sich der Arzt über einen Kryo-Pod und stellte etwas an dem Bedienfeld ein. Ein Ende der Einheit schwebte auf einem Magnetlift, während das andere auf dem Boden ruhte, wo ein zweiter Mann in einem weißen Kittel kauerte und Reparaturen durchführte. Zwei Sicherheitsmänner mit reflektierenden Helmen standen zu beiden Seiten der Shuttletür.

Doug betitelte ein paar der Besatzungsmitglieder, damit sie ihm aus dem Weg gingen, was der Arzt hörte und aufsah. Die Augen des Mannes weiteten sich, und er brüllte einen Befehl zu seinem Mitarbeiter, marschierte zum schwebenden Ende des Kryo-Pods und packte den Griff.

Der Mitarbeiter stolperte nach hinten, als er erkannte, was auf sie zukam, und raste dann zum Shuttle.

„Kommen Sie zurück!", rief Dollard, der mit dem Gewicht des Pods zu kämpfen hatte. Er funkelte die Wachen vor der Tür an. „Helft mir!"

Wie abgestimmt hoben die Wachen ihre Pistolen und zielten auf den herannahenden Cyborg.

Doug schreckte es nicht ab, als das Pulsfeuer durch die Luft schnitt und die verbleibende Menge verscheuchte. Benjy feuerte seine behelfsmäßige Laserpistole ab und traf den Helm eines

Wachmannes. Die Wache fiel gegen die Seite des Shuttles und rutschte daran zu Boden.

Emilryde packte Atties Arm und zog sie zu einem niedrigen Stapel aus Containern.

Attie zuckte zusammen und spürte den Luftzug von einem Pulsschuss, der viel zu nah an ihr vorbeisauste. Emilryde grunzte, sein Griff um ihren Arm festigte sich, als er nach vorne kippte. Er zog sie auf sich runter. Der Geruch von verbranntem Fleisch füllte ihre Nase. *Nebulas, er wurde getroffen!*

Seine Augenlider zuckten und sein Körper zuckte. Enayshuanische Physiologie war ihr nicht vertraut, aber sie war sich sicher, dass sie ihn atmen fühlte. Sie musste ihn in Sicherheit bringen. Sie rollte von ihm runter und hielt sich geduckt, in der Hoffnung, weitere Schüsse zu vermeiden. Benjy befand sich zwanzig Meter entfernt hinter einer Kiste und schoss auf die Wache; es war zu gefährlich, seine Aufmerksamkeit zu erregen, und Emilryde war zu groß und schwer, als dass sie ihn ohne Hilfe bewegen konnte.

Doug war jetzt nur noch wenige Meter vom Arzt entfernt. Ein Schuss erwischte ihn in den Oberschenkel, und die Wucht schickte ihn auf das Deck.

„Doug!", schrie Attie.

Laserstrahlen erhellten die Bucht, als Benjy weiter feuerte. Die Wache wandte sich von Doug ab, um in diese Richtung zu schießen. Dollard ignorierte das Kreuzfeuer und zog den Kryo-Pod weiter zum Shuttle. *Wer ist in dem Ding?*, fragte sich Attie.

Doug drehte sich um und kroch über das Deck, zog seine Beine hinter sich her. Der Arzt war jetzt nur noch fünf Meter von der Rampe des Shuttles entfernt.

Abgesehen von der schlaffen Form des Sicherheitsmanns gab es niemanden, der die Shuttletür bewachte. Wenn sie sich seine Waffe schnappen könnte, wäre sie vielleicht in der Lage, den Arzt aufzuhalten und das Schiff für ihre Flucht zu sichern. Mit gesenktem Kopf sprang sie los und rutschte zwischen den gespreizten Beinen des Wächters zum Stillstand. Sie griff nach der Pistole, die er noch immer umklammerte.

Im nächsten Moment regte sich seine freie Hand und packte ihren Arm.

„Oh scheiße!" Sie riss sich los und erkannte, dass er im Begriff war, sie zu erschießen. Instinktiv trat sie ihm zwischen die Beine.

Stöhnend fiel er nach vorn. Die Pulspistole flog aus seiner Hand und glitt unter das Shuttle.

„Nein!" Auf Händen und Knien spähte sie unter das Shuttle. Sie entdeckte eine Öffnung, die in eine Wartungsgrube führte. Da musste die Waffe reingerutscht sein.

„Selbstzerstörung in fünfzehn Minuten", intonierte das Notfallwarnsystem. „Alle Shuttles müssen jetzt abheben, um dem Explosionsradius zu entkommen."

Mit einem Grollen startete der Motor des Shuttles in Vorbereitung auf den Start.

Die Wache, der Attie in die Weichteile getreten hatte, regte sich nicht. Es sah so aus, als würde er nicht atmen, aber Attie ging mit Bedacht vor und hielt Abstand. Eine zweite Wache lag jetzt bewegungslos auf dem Deck, doch Doug kam nur langsam voran.

Der Arzt war immer noch mit dem Pod beschäftigt und hatte die Rampe erreicht. Schweiß strömte über sein gerötetes Gesicht. In dem Moment hob er den Blick zu Attie und fletschte vor Anstrengung die Zähne.

Könnte sie ihn bezwingen? Wahrscheinlicher wäre es, dass er sie als Geisel nehmen und Doug so zwingen würde, ihn gehen zu lassen. Wenn ihm dieses hässliche Teil so wichtig war, konnte sie seinen Fortschritt zumindest bremsen. Doug war jetzt nur etwa zehn Meter entfernt. Auch ohne seine Beine konnte er den Arzt womöglich überwältigen. Aber nur, wenn er ihn erreichte. Sie musste ihm Zeit herausschlagen. Ohne den Arzt aus den Augen zu lassen, ging sie zu ihm und packte das andere Ende des Pods.

„Lass los, du Schlampe!" Er hatte einen Fuß im Shuttle, sein Gesicht hatte vor Anspannung eine violette Färbung angenommen.

Ein Assistent spähte aus der offenen Tür und half nach einem Moment des Zögerns dem Arzt mit dem Pod. Gemeinsam keuchten sie und zerrten Attie über das Deck, während das nächste Shuttle über ihre Köpfe flog.

Sie erkannte, dass die Bucht fast leer war; von hier aus konnte sie nur noch ein anderes Shuttle neben dem des Arztes sehen, und die Menge war auf ein paar hektische Nachzügler zusammengeschrumpft.

„Selbstzerstörung in vierzehn Minuten", kündigte das Notfallsystem an.

„Wir sind jetzt deine einzige Hoffnung", keuchte der Arzt. „Gib mir den Pod und komm mit uns."

Er hatte Recht; sein Shuttle war ihre einzige Chance. *Ich will verdammt sein, wenn ich dieses Monster entkommen lasse!* Er würde untergehen, selbst wenn das bedeutete, dass auch sie unterging. Sie biss die Zähne zusammen und zog mit größerer Entschlossenheit an dem Kryo-Pod. Und auch sie sah es nicht mehr ein, ihn noch zu siezen. „*Du* gehst nirgendwo hin."

KAPITEL EINUNDZWANZIG

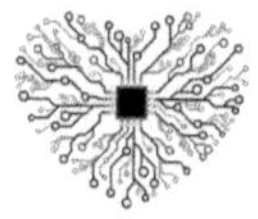

Doug zog sich weiter in die Richtung des Arztes, das raue Deck kratzte über seinen Bauch. Der Pulsstoß hatte seine Beine funktionsunfähig gemacht, er konnte sich jedoch davon nicht aufhalten lassen. Weniger als zehn Meter entfernt hörte er den Motor des Shuttles anspringen. Er versuchte, die Steuerung des Shuttles zu hacken, aber seine Naniten kooperierten immer noch nicht.

Er musste Dollard erreichen, bevor er die Tür schloss.

Attie stemmte die Füße in den Boden, um den Arzt davon abzuhalten, den Pod an Bord zu bringen. Selbst mit seinem Drang, Dollard zu erreichen, konnte er nicht anders, als ihre bloße

Entschlossenheit zu schätzen. *Was für eine großartige Frau.*

Wenn er so weiter machte, würde er sie nicht rechtzeitig erreichen. Schließlich hatte der Arzt seinen Assistenten dazu geholt.

„Selbstzerstörung in vierzehn Minuten."

Er wünschte, er hätte eine der Laserpistolen beschlagnahmt. Benjy hatte vor ein paar Minuten aufgehört, zu schießen, und Emilryde war gleich am Anfang zu Boden gegangen. Hatten sich die anderen Cyborgs ein Shuttle sichern können? *Rust, wo bist du?*

Ich trete allen in den Arsch, antwortete Rust.

Natürlich hatte es Widerstand gegeben. Er konzentrierte sich auf sein Ziel. Fast in Reichweite. Er streckte sich, kratzte über das Deck.

„Selbstzerstörung in dreizehn Minuten."

Die Shuttletür versuchte, sich zu schließen, stieß aber gegen die Schulter des Assistenten und sprang wieder auf. „Wir müssen verschwinden, Sir!" Der Assistent ließ den Pod los. „Es bleibt nicht mehr viel Zeit, um den Explosionsradius zu räumen!"

„Ich lasse sie nicht zurück!" Dollard zog weiter.

Dougs Blick fiel auf das Band um Dollards Handgelenk. *Twerp?*

Eine vertraute Stimme drang in seinen Kopf: *Doug, der Arzt versucht, mit einem Shuttle zu entkommen.*

Doug hatte eine verrückte Idee. *Beinhaltet eine deiner Funktionen die Abgabe von Beruhigungsmittel?*

Nein, ich kann nur biometrisches Feedback geben. Der Arzt ist derzeit stark belastet. Ich habe versucht, das Shuttle zu verriegeln, bevor er an Bord kommt, aber ich glaube, jemand steht im Weg.

Doug stoppte. *Du kannst die Shuttle-Steuerung hacken?*

Nur die Tür. Ich muss in unmittelbarer Nähe sein ... Twerp sprach weiter, aber Doug hörte nicht länger zu. Stattdessen konzentrierte er sich auf die ausgestreckten Arme des Arztes.

Es gab einen Weg, Twerp aus den Händen Syndicorps wegzuholen. Es wäre grausam und würde dem Shuttle erlauben, zu entkommen, aber Doug wäre nicht in der Lage, den Arzt und seinen Mitarbeiter rechtzeitig zu erreichen, solange seine Beine offline waren. Der Arzt gewann weitere zwei Zentimeter, was Dougs Entscheidung festigte. *Twerp, deaktiviere die Türsicherheitsprotokolle und schließ die Tür. Jetzt!*

Twerp folgte der Anweisung, ohne ihn zu hinterfragen. Die schweren Schiebetüren knirschten wie eine Guillotine durch Dollards Unterarme.

Beide Anhängsel fielen in einem Blutbad auf das Deck.

Attie stolperte nach hinten und wäre fast auf ihn drauf gefallen, konnte sich aber fangen.

Das Shuttle hob ab und schwenkte in Richtung der Buchtöffnung. Es passierte den atmosphärischen Schild mit einem Knall.

„Selbstzerstörung in zehn Minuten. Die letzten Evakuierungskapseln wurden von der Station gelassen, um einen Mindestabstand vom Explosionsradius zu erreichen."

Die Sirene verstummte und dann war es plötzlich unheimlich still in der Bucht.

Benommen starrte er auf die funkelnden Sterne. Dollard erlitt wahrscheinlich in diesem Moment einen schrecklichen Tod, nur fand er bei dem Gedanken wenig Befriedigung. Es wäre ein bitterer Sieg, wenn er Attie nicht in Sicherheit bringen könnte. Ihr blieb nicht mehr viel Zeit, sich Rusts Shuttle anzuschließen. „Attie, geh zum Shuttle. Beeil dich!"

Sie hatte Twerp von Dollards abgetrenntem Handgelenk entfernt und verzog das Gesicht zu einer Grimasse, als sie das Gerät an ihrem Hosenbein abwischte. „Alle Shuttles sind weg." Sie steckte die KI ein und kam an seine Seite. „Wir müssen eine Rettungskapsel finden.“

Sein Blut gefror ihm in den Adern. Er hob den Kopf, sah sich in der Bucht um und bestätigte, was sie sagte. Da er so konzentriert darauf gewesen war, Dollard zu erreichen, hatte er nicht bemerkt, dass auch das letzte Shuttle abgehoben hatte. Keine Leute mehr, die sich in der Bucht in Shuttles drängten. Emilryde lag einige Meter entfernt auf dem Rücken. Sonst konnte er keine Cyborgs sehen. Darüber hinaus war die Höhle so ruhig wie ein Grab. Er murmelte: „Ich hätte es besser wissen müssen, als zu erwarten, dass Rust wartet.“

Attie half ihm in eine sitzende Position und betrachtete sein Bein, wo der Stoff direkt über seinem Knie zusammen mit dem Großteil der Synth-Haut darunter verbrannt war. „Denkst du, du kannst stehen, wenn ich dir aufhelfe?“ Ihre Stimme war überraschend ruhig. „Wir müssen zum Aufzug. Auf dieser Ebene gibt es keine Rettungskapseln.“

„Ich werde dich nur bremsen. Geh ohne mich! Beeil dich!“

Attie starrte ihn an und langsam machte es Klick. „Wir haben keine Zeit mehr, aus dem Explosionsradius zu entkommen, oder?“

Er schüttelte den Kopf und versuchte, für sie positiv zu bleiben. „Du musst es versuchen. Lauf!"

Kopfschüttelnd sank sie neben ihm auf die Knie. „Kannst du versuchen, die Selbstzerstörung zu stoppen?"

Die wunderschönen blauen Augen, mit denen sie ihn ansah, brachen ihm das Herz. Er berührte ihre weiche Wange und zog sich zurück, als er erkannte, wie schmutzig seine Hand war. „Selbst wenn ich meine Naniten dazu bringen könnte, wieder richtig zu arbeiten, bräuchten wir den Schlüssel des Admirals. Ich habe versagt, Attie. Es tut mir leid."

„Du hast alles getan, was du konntest. Warte!" Attie umklammerte seinen Arm und ihre Augen weiteten sich. „Der Admiral sollte eigentlich mit dem Schiff untergehen. Lass uns zur Brücke gehen!"

Doug lächelte traurig. Er liebte ihre Entschlossenheit. „Er steckte sicher mit Dollard unter einem Hut. Ich bezweifle, dass er so ehrenhaft war, dem Syndicorp-Protokoll zu folgen und mit dem Schiff unterzugehen."

Tränen glänzten in ihren Augen und sie ließ ihren Kopf hängen. „Du hast wahrscheinlich

Recht." Sie seufzte und begegnete wieder seinem Blick. „Küss mich ein letztes Mal?"

Seine Brust schwoll vor Liebe an. In ihren letzten Momenten wollte sie seinen Kuss. „Du bist die mutigste, zäheste Frau, die ich kenne."

Er lehnte sich vor und fand ihre Lippen mit seinen, genoss ihre Weichheit und ihre Wärme. Ihr Rosenblütenduft überflutete ihn und brachte ihn zurück zu den lustvollen Momenten, die sie geteilt hatten. Sie hatte ihm seine Menschlichkeit zurückgegeben, und obwohl seine Zeit mit ihr nicht annähernd genug gewesen war, so war er trotzdem unendlich dankbar.

Das Zischen der Aufzugstür wehte durch die verlassene Shuttle-Bucht und unterbrach seine Gedanken.

Rust trat aus der Kabine und rannte auf sie zu. Brix, Twobit und Esben folgten ihm.

„Was zum Teufel?", fragte Doug. „Ihr habt nicht das Shuttle genommen? Ich dachte, ihr wärt ohne uns abgehauen!"

„Twobit entdeckte, dass der Admiral noch an Bord war, also bin ich los und habe den Selbstzerstörungsschlüssel geholt." Er präsentierte eine flache, handtellergroße Karte.

Twobits Gesicht verzog sich mit Bedauern. „Ich

dachte, ich könnte mich in die Selbstzerstörung hacken. Aber selbst mit der Karte war ich dazu nicht fähig. Es gibt zu viele Firewalls."

„Natürlich gibt es die", knirschte Doug. „Selbstzerstörung soll endgültig sein."

„Du bist unser bester Hacker", sagte Esben. „Du musst es versuchen."

Rust warf Doug die Karte zu. „Wenn du es nicht tust, sind wir alle tot. Aber bitte fühle dich ja nicht unter Druck gesetzt."

Doug fing sie auf und ballte seine Hand fest genug um die Karte, dass sich das Polymer bog. Er war etwas überrascht, dass der Admiral zurückgeblieben war, aber das war nebensächlich. „Die Karte kann nur auf der Brücke verwendet werden."

Rust bot Doug eine Hand an, um ihm auf die Füße zu helfen, und sagte: „Dann bringen wir deinen Arsch eben auf die Brücke."

„Komm." Attie erhob sich und zog an seinem anderen Arm. „Noch haben wir Zeit!"

Bevor er versuchen konnte, aufzustehen, hoben ihn die Cyborgs in die Luft und rannten auf den Aufzug zu. Er konnte spüren, wie die Minuten vorbeitickten, als sie darauf warteten, dass die Kabine auf der richtigen Ebene anhielt. Schließlich öffnete sich die Tür und die Cyborgs setzten ihn auf den Stuhl des Admirals. Die Leiche des Admirals lag in der Nähe, zusammen mit zwei Offizieren.

Von mehreren Konsolen stieg Rauch auf, und die Wände waren von Waffenfeuer geschwärzt. Der Geruch von geschmolzenem Polymer und heißem Metall erfüllte den Raum, als Doug die Karte in einen Schlitz an der Armkonsole schob. Er schloss die Augen, sammelte seine Naniten zusammen und versuchte, sich die Selbstzerstörungssequenz vorzustellen. Dies wäre der wichtigste Hack seines Lebens.

Und er hatte nur etwa eine Minute Zeit.

Der Stuhl des Admirals verschaffte ihm Zugang zu jedem Aspekt des Schiffes, und die Farben und Geräusche, die nach seiner Aufmerksamkeit schrien, waren fast lähmend. Er kämpfte sich einen falschen Pfad nach dem anderen hinunter. Panisch errichtete er seine eigene Abschirmung, um irrelevante Daten zu blockieren, und fuhr fort.

Dann sah er es. Eine tickende Uhr, direkt vor ihm. *Dreißig Sekunden.*

Eine schimmernde Firewall umgab die Selbstzerstörungssequenz. Der Schlüssel des Admirals hatte ihn so weit gebracht, aber er gewährte keinen Zugang durch die Firewall. Er umkreiste sie und suchte nach einem Riss in der Rüstung. Es gab immer eine Hintertür; Programmierer wussten es besser, als etwas zu bauen, das sie nicht hacken konnten. Nur konnte er nichts finden.

Er wurde hektischer, als die Sekunden vorbeizogen, attackierte die Firewall, Gewalt sein letzter Ausweg.

Dann erreichte ihn Twerps Stimme: *Hier drüben, Doug.*

Er wirbelte herum und suchte nach der KI. Er fand sie in einem bunten Fluss von Daten, ihre ätherische Form eine üppige, weibliche Form, die sich mit der Ebbe und Flut des Codes veränderte.

Noch sechzehn Sekunden.

Die KI deutete auf einen Punkt hoch oben an der Firewall. *Ich komme nicht dran.*

Da war es; ein einziges Byte, so klein, dass er es übersehen hatte.

Ein Einstiegspunkt.

Er bündelte seine ganze Energie, konzentrierte sich auf diesen einen Punkt und sprang. Er ließ seine Abschirmung fallen, drückte gegen sein virtuelles Selbst, bis er mit einem Pop durchschlüpfte.

Auf der anderen Seite war ein einfacher Timer mit einem Ein-Aus-Schalter direkt in der Mitte. Acht Sekunden. Die digitale Uhr blinkte und tickte sie in den Untergang. Sieben Sekunden. Sechs. War es wirklich so einfach, den Timer zu stoppen? War es eine Sprengfalle?

Fünf Sekunden.

Sprengfalle oder nicht, er hatte keine Zeit mehr. Er hielt den Atem an und legte den Schalter auf Aus. Vier Sekunden.

Die Anzeige blinkte.

Vier Sekunden.

Vier Sekunden.

Es blinkte noch dreimal, bevor sich seine Schultern entspannten. *Ich habe es geschafft.* Dann drehte er sich zu Twerp: *Wir haben es geschafft!*

Er öffnete seine Augen zu den erwartungsvollen Gesichtern um ihn herum. Attie packte seine menschliche Hand fest, ihre Lippen kreidebleich. Schmutz fand sich auf ihrer Wange und eine Schulter ihrer Tunika war zerrissen. Sie war die wunderschönste Frau, die er je gesehen hatte.

„Und?", fragte sie.

Als Reaktion grinste er, zog sie auf seinen Schoß und presste seinen Mund auf ihre Lippen.

Aus Atties Tasche sagte Twerp: „Der

Countdown wurde erfolgreich gestoppt. Unsere Erfolgschancen lagen bei vier Milliarden achthundertsechsunddreißigtausendneunhundert zu eins, wenn wir außer Acht lassen, dass –"

Twobit brüllte: „Heilige Scheiße, er hat es geschafft!"

Die Brücke brach in Jubel aus, sodass der Rest von Twerps Analyse unterging. Rust und Brix tauschten ein High-Five. Twobit schlug ihnen auf die Schultern.

Attie nahm Dougs Gesicht in beide Hände und erwiderte seinen Kuss, während sie vor Freude lachte und schluchzte.

Er lachte mit ihr. Sie waren am Leben und sie waren zusammen. Er war noch nie so glücklich gewesen wie in diesem Moment.

Sie legte ihren Kopf gegen seine Brust und atmete langsam aus. „Ich kann nicht glauben, dass wir überlebt haben."

„Überlebt?", krächzte Rust mit strahlenden Augen. „Uns gehört jetzt ein verdammtes Flaggschiff!"

Als diese Erkenntnis bei allen ankam, begegnete Doug mit einem Grinsen den Augen seiner Crew. „Wo wollen wir zuerst hin?"

KAPITEL ZWEIUNDZWANZIG

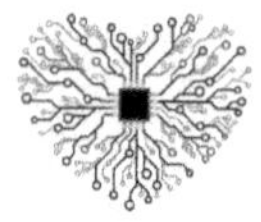

Attie erhob sich mit wackeligen Beinen von ihrem Sitz und starrte auf die vielen Sterne vor dem Screen. Das Geräusch des Brennantriebs, der nun auf normale Triebwerke wechselte, war wie Musik in ihren Ohren. Sie waren tief in den nicht klassifizierten Weltraum geflohen, um eine mögliche Verfolgung abzuschütteln. Syndicorp würde zweifellos versuchen, das Flaggschiff zurückzubekommen, und selbst die Waffen der Icarus wären einer Flottille nicht gewachsen.

Nach drei harten Verbrennungen in ebenso vielen Tagen sehnte sich Attie nach einer Dusche, einem Nickerchen und etwas zum Essen. Die Brücke war mit einer massiven Nav-Grav-Einheit ausgestattet, sodass es nicht notwendig war, sich anzuschnallen. Nur minderte die Einheit nicht die Erholungszeit, und so viele Verbrennungen in so kurzer Zeit hatten sie wahrlich erschöpft. Sogar die Cyborgs schienen benebelt zu sein, rieben sich die Köpfe und stöhnten.

„Ich denke, das sollte unsere Spur verwischen", sagte Doug vom Sitz des Admirals, bevor er seinen kybernetischen Blick über die anwesende Besatzung schweifen ließ.

Atties Augen landeten auf seinen nackten Knien, wo die nachwachsende Synth-Haut immer noch fleckig und karminrot über seinen Polymerknochen daherkam. Esben wusste, wie man die Maschine benutzte, die die Cyborg-Heilung beschleunigte, und so würden selbst Emilryde und Benjy schon bald wieder herumspringen. Es erstaunte sie, dass sie keine Todesopfer zu beklagen hatten.

„Twobit?", fragte Doug. „Glaubst du, du kannst deinen Rundgang durch die Icarus heute beenden?"

Anstatt sich wie Attie zwischen Verbrennungen auszuruhen, waren die Cyborgs systematisch von Raum zu Raum gegangen und hatten alle verbleibenden Signale eliminiert, die Syndicorp aufgreifen könnte. Doug hatte alle Hände voll zu tun, um zu verstehen, wie der Brennantrieb und die Navigationssysteme funktionierten.

Rust stand auf und antwortete: „Aye, Captain", während die anderen beiden müde nickten.

Attie atmete tief ein und ging zur Tür. „Ich werde nach den Gefangenen sehen."

Eine Handvoll Syndicorp-Crewmitglieder, die zurückgelassen worden waren – darunter der Assistent, der in dem Kryo-Pod gesteckt hatte –, saßen vorerst in der Arrestzelle, bis sie irgendwo abgesetzt werden konnten. Dann war da noch Claudia. Attie hatte sich ursprünglich schuldig gefühlt, weil sie die Konkubine während ihres verrückten Fluchtversuchs vergessen hatte, aber die Frau hatte bei der Entschuldigung einfach mit den Schultern gezuckt und ihr gesagt, sie hätte dasselbe getan.

Claudia zeigte kein Bedürfnis danach, die Konkubinenkammer zu verlassen, und tat dies nur, um mehr Medikamente aus dem Med-Kit im Sicherheitsbüro zu holen. Attie war sich sicher, dass die Frau schon bald an einer Überdosis sterben würde, wenn sie so weitermachte. *Ich muss Esben fragen, ob er eine Möglichkeit hat, ihre Sucht zu brechen,* erinnerte sie sich. Wenn es eine Sache gab, die ihr in den letzten Tagen klar geworden war, dann, dass man niemals aufgeben sollte.

An der Tür legte Doug eine Hand auf ihren Arm und zog sie aus ihren Gedanken. „Wenn du fertig bist, komm in die Suite des Admirals."

Schmetterlinge erwachten in ihrem Bauch. Sie waren nicht allein gewesen, seit er den Countdown gehackt hatte, aber sie hatte ihn immer wieder dabei erwischt, wie er sie zwischen den Verbrennungen ansah und glaubte, zu wissen, was ihm durch den Kopf ging.

Auch sie sehnte sich nach ihm. Sie musste ihn nur ansehen und sofort dachte sie an das eine Mal zurück, als sie intim geworden waren. Ein anderer Teil von ihr hatte Angst. Der Sex war spektakulär gewesen, aber er war auch aus Verzweiflung und Adrenalin heraus entstanden. Was, wenn der Sex diesmal enttäuschte?

Es gibt nur einen Weg, dies herauszufinden, sagte sie sich, als sie lächelte und nickte.

Eine Mischung aus Erschöpfung und Vorfreude breitete sich in ihr aus, als sie einen Blick in die Arrestzelle warf und dann in ihr Quartier eilte, um zu duschen. Ihre Schritte hallten in den leeren Gängen wider. Hunderte von Besatzungsmitgliedern waren während der

Selbstzerstörungssequenz geflohen, und sie könnte in ein schöneres Zimmer ziehen, wenn sie wollte. Bisher hatte sie das noch nicht getan. Die Cyborgs hingegen hatten schnell gehandelt und waren aus ihren Zellen in die Offizierssuiten auf der fünften Ebene gezogen.

Sobald sie sich frisch gemacht und saubere Kleidung angezogen hatte, ging sie zum Aufzug. Sie stieg auf der Offiziersebene aus dem Aufzug, und sofort traf der köstliche Duft von Bacon auf ihre Sinne. Sie konnte sich nicht erinnern, wann sie das letzte Mal etwas anderes als Proteinriegel und Elektrolyte gegessen hatte. Sie schloss die Augen, hob das Kinn, atmete tief ein und folgte dem köstlichen Geruch den Korridor runter.

Die Tür zur Suite des Admirals öffnete sich automatisch, und der Geruch des Bacons wurde stärker, zusammen mit dem köstlichen Duft von frischem Brot. Ihr Magen knurrte.

„Ich bin hier", rief Doug von einer Tür zu ihrer Rechten.

Doug kochte? Und er konnte backen? Sie war sich nicht sicher, warum, aber das überraschte sie. Sie trat ein und ließ die Tür hinter sich zugleiten.

Sie war noch nie in der Suite des Admirals gewesen und warf einen Blick auf den Sitzbereich, der geschmackvoll mit weißen Möbeln und Glasregalen dekoriert war. Allein dieser Raum war so groß wie das Familienquartier, in dem sie aufgewachsen war. Ein riesiger Videobildschirm nahm eine ganze Wand ein und zeigte ein Bild eines spektakulären orangefarbenen Sonnenuntergangs über felsigen Bergen, die mit Schnee bedeckt waren. Sie erhaschte einen Blick in einen anderen Raum, wo sie die Ecke eines großen Bettes sehen konnte, und eine dunkelblaue Decke, die gegen alle Regeln auf dem Boden lag. Hatte er dort geschlafen?

Sie ging in den Essbereich und hielt inne. Kristallgläser, die mit Orangensaft gefüllt waren, standen auf einem großen Glastisch, und eine dampfende Kanne mit frischem Kaffee wartete neben einer Obstplatte.

Das ist für mich. Er konnte kochen und war aufmerksam. Andere Kerle, mit denen sie ausgegangen war, hätten mit einem Bier auf der Couch gewartet und hielten sich schon für Verführer, wenn sie daran dachten, ihr auch eines anzubieten. Wenn sie vor diesem Anblick gedacht hatte, dass sie Doug liebte, musste sie jetzt das Wort *verehren* benutzen.

Mit zwei Tellern, auf denen Bacon, Eier und

Toast mit Butter zu finden waren, kam er aus einer zweiten Tür. Er stellte die Teller ab und zog einen Stuhl für sie heraus. „Ich hoffe, du magst Frühstück zu jeder Tageszeit, denn das ist alles, was ich kochen kann."

Sie war sich nicht sicher, ob sie ihn gleich anspringen oder zuerst auf ihren knurrenden Bauch hören sollte. Letztendlich traf sie die Entscheidung, sich auf den angebotenen Stuhl zu setzen. „Wo hast du das alles her?" Sie griff nach einer Weintraube von der Platte, biss in die knackige Frucht und füllte ihren Mund mit saftiger Süße. „Sie servieren nur nachgebildetes Essen in der Kantine."

„Die Küche der Offiziere hatte einen gut bestückten Kühler. Ich dachte, wir könnten es genauso gut essen, bevor es schlecht wird." Er griff nach der Kaffeekanne. „Kaffee?"

„*Nebulas*, ja", sagte sie und gönnte sich sogleich einen Streifen Bacon. Sie kaute einen Moment lang mit geschlossenen Augen und ließ den reichhaltigen, salzigen Geschmack ihre Sinne erfüllen. Als sie die Augen öffnete, sah sie, dass Doug sie beobachtete, die Kaffeekanne über der noch leeren Tasse. Sie schluckte schwer. „Willst du nichts essen?"

Sein Blick fiel auf die Tasse und schließlich goss er ihr ein. „Es ist lange her, dass ich mit jemandem gegessen habe. Ich mag es, dir dabei zuzusehen, wie du das Essen genießt."

Ihre Wangen erröteten und Hitze sammelte sich tief zwischen ihren Beinen. Sie leckte sich die Lippen, nahm sich eine große Traube und fuhr mit der Zunge darüber, bevor sie hineinbiss, ohne die Augen von seinen zu nehmen. Ein sanftes Stöhnen drang aus ihrer Kehle, nur hatte diese Reaktion nichts mit dem Essen zu tun.

Mit seinem heißen Blick auf sie gerichtet, rückte er näher zu ihr und legte eine Hand auf ihr Knie. Elektrisierende Empfindungen rasten über ihren Oberschenkel. Sie trug eine Stoffhose, aber ein Teil von ihr wünschte, sie würde den dünnen Rock tragen, damit er den Saum nach oben schieben und sie weiter erkunden konnte.

Sie legte ihre Hand auf seine und führte ihn so ihr Bein nach oben zwischen ihre Schenkel.

Er entließ ein leises, kehliges Geräusch, und als hätte er nur auf ihre Erlaubnis gewartet, stand er auf und zog sie in eine Umarmung. Sein Mund beanspruchte ihren und er küsste sie tief und leidenschaftlich. Ihre Hormone wurden zum Leben erweckt. Sie schmiegte sich an ihn und schwelgte in seinem Geschmack und Geruch.

Seine Erektion war durch das dünne Material ihrer Hosen zu spüren, und sie glitt mit einer Hand von seinem Hals über seine Brust, entschlossen, das Band an seiner Hose zu öffnen. Nur wenige Sekunden später schob sie seine Hose nach unten und ihre Hände fanden seinen muskulösen Hintern. Er ließ den Stoff auf seine Knöchel gleiten und trat aus der Hose, bevor er sie in seine Arme hob.

Ohne den Kuss zu unterbrechen, trug er sie vom Essbereich in das Schlafzimmer. Er legte sie auf die Matratze und löste sich lange genug von ihr, um sich sein Oberteil über den Kopf zu ziehen. Seine Erektion zeigte auf sie, als er ihre Füße packte, ihr die Schuhe auszog und diese hinter sich auf den Boden warf. Sie fummelte bereits an dem Verschluss ihrer Hose herum, doch er übernahm den Job und riss ihr das Kleidungsstück mit einem Ruck über die Beine.

Anschließend spreizte er mit beiden Händen ihre Knie, fand sich zwischen ihren Schenkeln ein und küsste ihren Venushügel. „Das wollte ich vom ersten Moment an tun, als ich dich nackt vor der Kamera gesehen habe."

Sie errötete, als ihr klar wurde, dass er sie lange

vor ihrem ersten Treffen beobachtet hatte. Die Kameras, die er gehackt hatte, zeigten wahrscheinlich auf ihr Bett. *Nebulas, wie oft habe ich in der Zeit meinen Vibrator benutzt?*

Sie musste sich angespannt haben, denn er hob den Kopf und sah ihr direkt in die Augen. „Ich habe versucht, dich in diesen persönlichen Momenten nicht zu beobachten. Ich möchte, dass du das weißt. Das Problem war nur, dass ich nicht ... wegschauen konnte."

Sie schnappte nach Luft und nickte ihm zu. Sie hätte ihn womöglich auch beobachtet, wenn sie die Chance gehabt hätte. „Es ist okay."

Er senkte den Kopf wieder und atmete heiß gegen ihr empfindliches Fleisch. „Das Gute daran? Ich weiß genau, was du magst."

Sie erschauerte, als er mit der Zunge über ihre Klitoris leckte und ihre Spalte erkundete, bevor er sich wieder zu ihrem Nervenbündel aufmachte. Er leckte und saugte, bis sie pulsierte und erregt unter ihm lag. Dann tauchte seine Zunge in sie, sein Gesicht so nah an ihrer Pussy, dass ihr der Anblick ein Stöhnen entlockte.

Sie wand sich unter ihm und packte ihn an den Haaren. Mit den Fingern ihrer anderen Hand zwickte sie in ihren linken Nippel, als er sie immer höher und höher trieb. Aber es war nicht genug. Sie brauchte mehr. „Doug –“

Er drang mit einem langen, dicken Finger in ihre Hitze und schon fiel sie von der Klippe, der Orgasmus explodierte aus ihr heraus, während er sie weiterhin betörte. Er trank von ihrem Nektar wie ein Mann, der kurz vorm Verdursten war, bis sie auf der Matratze zusammensackte.

Er verließ ihre pochende Pussy, kroch ihren Körper hinauf und legte eine Hand in ihren Nacken, um ihren Mund erneut für sich zu beanspruchen. Er küsste sie. Leidenschaftlich und nass und verführerisch. Die Finger seiner anderen Hand spielten mit ihrer rechten Brustwarze, bis es an Schmerz grenzte. Während er sie noch immer verschlang, krallte sie sich an seinen Rücken, wickelte ihre Beine um seine Hüfte und zog ihn an sich, bis seine Eichel ihren Eingang küsste.

„Ich will dich in mir haben“, wimmerte sie.

Er gluckste, ein tiefes, kehliges Geräusch, das eine Lustwelle durch sie schickte. „Das musst du mir nicht zweimal sagen.“

Er zog sich etwas zurück und drang dann mit einem harten Stoß in sie, bei dem sie schockiert nach Luft schnappte. Ihre Nippel rieben über seine Brust, während er sie hart nahm und sein Mund nicht genug von ihren Lippen zu bekommen schien. Er drang so tief und hart in ihre Enge, dass es auf gute Weise schmerzte. Aber sie wollte mehr, und so hob sie ihr Becken, begegnete seinen Stößen, auf der Suche nach einem zweiten Höhepunkt.

Seine Hand ließ ihren Nacken los und er packte ihre Hüfte, rollte auf den Rücken, sodass sie rittlings auf ihm saß. Es gefiel ihr, die Kontrolle zu haben. Sie legte ihre Hände auf seine Brust, wölbte ihren Rücken und glitt so weit nach oben, dass nur seine Eichel in ihrer Hitze verblieb, bevor sie ihn erneut in sich aufnahm. Dann rotierte sie ihre Hüfte und verwöhnte seine Länge mit den pulsierenden Wänden ihres Geschlechts. Die Ekstase dieses Moments, der perfekte Rhythmus zwischen ihnen, ließ die Welt um sie herum verschwinden.

Sie ritt ihn, schnell und hart, bis sie ihren Körper zu verlassen schien und im Nichts schwebte. Der Druck in ihr trieb sie über die Sterne hinaus. Doug brüllte, die Hände an ihren Hüften packten sie fester, als sein heißer Samen in sie strömte. Gleichzeitig erlebte sie ihre zweite Erlösung, das Gefühl so berauschend, dass sie dem Lustwirbel für eine lange Zeit nicht entkommen konnte.

Schwer atmend fiel sie schließlich auf Dougs

Brust. Sie konnte seinen Herzschlag unter ihrem Ohr hören. Es war vielleicht kein menschliches Herz, aber es war real. Und es gehörte ihr.

Er schob eine Haarsträhne von ihrer verschwitzten Wange und küsste sie auf den Kopf. „Ich liebe dich, Attie Swan. Danke, dass du mich gerettet hast."

Sie seufzte, ihr Herz voller Liebe für ihn. „Ich liebe dich auch, für immer und ewig."

Dieser Mann gehörte ihr. Die Zukunft gehörte ihr.

Gemeinsam konnten sie alles schaffen.

KAPITEL DREIUNDZWANZIG

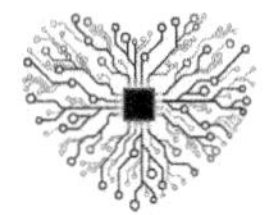

Der zerbeulte Rumpf der Hardship sah aus wie etwas, das von Garan'uk-Kindern zusammengeschustert wurde. Als sich das Schiff in der Bucht der Icarus niederließ, betrachtete Doug die verschiedenen Platten und Sensorarrays. Er wusste nicht viel über Schiffe, aber dieses schien aus dem letzten Loch zu pfeifen.

Atties Hand drückte seine. „Aufgeregt?"

Doug nickte und versuchte, seine Sorge vor ihr zu verstecken. Er hatte nicht mehr mit seiner Zwillingsschwester gesprochen, seit er ihr geholfen hatte, die Naniten loszuwerden. Von Angesicht zu Angesicht war es noch länger her. Was würde sie von all seiner Kybernetik halten?

„Hör auf, dir Sorgen zu machen", sagte Attie

und stieß ihn in die Seite. „Sie ist deine Schwester. Alles wird gut."

Die Frachtrampe der Hardship zischte auf und senkte sich quälend langsam, begleitet von einem metallischen Stöhnen, das durch die Bucht hallte.

Dougs Ungeduld überkam ihn. Er marschierte nach vorne, packte die Rampe und zog, bis die Basis auf das Deck prallte.

Keine Sekunde später warf sich eine kleine Gestalt in seine Arme. „Doug! Du bist es wirklich!"

„Hi, Lisa." Er drückte seine menschliche Wange gegen ihr weiches schwarzes Haar und hob sie in eine ungestüme Umarmung. Sie war schon immer viel kleiner gewesen als er und durch seine kybernetischen Beine hatten er noch ein paar Zentimeter Körpergröße hinzugewonnen. Es fühlte sich gut an, sie wieder bei sich zu haben; so lange von ihr getrennt zu sein, hatte sich angefühlt, als hätte er ein Bein verloren – und in dem Punkt hatte er schließlich Erfahrung.

Hinter ihr schritt eine blonde Frau die Rampe hinunter, jeweils eine Pistole rechts und links zu ihren Hüften. Sie schenkte ihnen keine Aufmerksamkeit, als sie sich zu Attie aufmachte. *Marlis.* Er erkannte sie aus dem Sicherheitsprotokoll der Icarus. Zwei große Denaida-Männer mit

Vollbärten verweilten am oberen Ende der Rampe, Pistolen an ihren Gürteln, ihre aufmerksamen Blicke auf ihn gerichtet.

Die anderen Cyborgs hatten ihre Sorgen darüber geäußert, die Piraten an Bord zu lassen. Doug hatte sie angewiesen, in der Nähe des Aufzugs zu warten und ihnen verboten, Waffen mitzubringen, aber er nahm an, dass Rust für den Notfall eine oder zwei Pulspistolen am Körper trug. Es wäre wohl besser, schnell alle miteinander bekanntzumachen, damit nichts aus dem Ruder lief.

Er rief: „Willkommen an Bord der Icarus, Captain Qaiyaan."

Vier Denaidaner kamen die Rampe herunter, deren Bronzehaut reflektierte die harsche Beleuchtung. Doug erkannte den Kapitän nur von den vielen Kamera-Feeds, die er gehackt hatte. Noatak hingegen hatte er vor nicht allzu langer Zeit persönlich kennengelernt. Hier auf der Icarus. Obwohl er es hätte besser wissen müssen, hatte sich Doug von der Hingabe dieses Mannes für Atties Schwester beeinflussen lassen und ihnen beiden geholfen, von dem Schiff zu entkommen, was am Ende alles in Gang gesetzt hatte, um diesen bestimmten Zeitpunkt in der Gegenwart zu erreichen.

Er hätte nie gedacht, dass ein kleiner Akt der Empathie seine eigene Reise zum Glück anstoßen würde.

Lisa ließ ihn los und schaute ihn aus ihren schiefergrauen Augen an, in denen Tränen funkelten. „Ich kann nicht fassen, dass du ein Syndicorp-Flaggschiff übernommen hast! Es ist das Einzige, worüber die Abtrünnigen gerade reden.“

„Allein hätte ich das nicht geschafft“, sagte er und warf einen Blick auf seine Crew. Attie stand ein paar Meter hinter ihm und umarmte ihre Schwester. Tränen glitzerten auf ihren Wangen, als die beiden breit grinsend hin und her schaukelten. „Ich möchte dir Attie und meine Crew vorstellen.“

Noatak trat vor und seine Augen bohrten sich in Doug. „Du bist der Cyborg, der mir geholfen hat.“ Ohne auf eine Bestätigung zu warten, streckte er die Hand aus und zog Doug in eine Umarmung. „Ich schulde dir alles, *Iluq*.“ Er war so groß wie Doug und schien auch ohne Kybernetik genauso stark zu sein. „Einfach alles.“

„Das reicht, Noatak“, sagte Qaiyaan. Er schenkte Doug ein sardonisches Lächeln. „Mein Erster Offizier ist normalerweise nicht so demonstrativ. Aber er hat Recht; wir sind dankbar für alles, was du getan hast.“

„Na ja, ich habe es nicht für euch getan." Doug sah zu Lisa.

Sie lächelte, als sie einen Arm um Qaiyaans Taille legte. „Sei nett, Doug. Ihr zwei seid jetzt Brüder."

Doug blinzelte und erkannte, wie wahr ihre Worte waren. Doug hatte sich zuerst einer Bruderschaft aus Cyborgs angeschlossen, hatte dann eine Frau für sich gefunden und sich zusätzlich mit einer KI angefreundet. Jetzt hatte er eine neue Schwester und zwei Brüder – Qaiyaan und Noatak – hinzugewonnen. Jedes Mal, wenn er blinzelte, schien seine Familie größer zu werden.

Attie hakte ihren Arm bei Doug ein und lehnte ihre Wange an seine Schulter. „Marlis, das ist Doug. Welcher von ihnen gehört zu dir?"

Marlis grinste. „Mein Gedächtnis ist immer noch beschissen, aber ich bin mir ziemlich sicher, dass es dieser ist." Marlis wies mit einem Daumen auf Noatak. „Noatak, das ist meine Schwester Attie."

Noatak rollte mit den Augen, legte einen Arm um Marlis' Schultern und zog sie an sich. „Sie ist ein Plagegeist, aber sie ist mein Plagegeist."

Bei einem rumpelnden Geräusch drehten sich alle um und konnten so miterleben, wie Twerp auf ihren Rädern aus dem Aufzug rollte. Der kastenförmige, einen Meter hohe Kehrmaschinenroboter war das Beste, was die Cyborgs in der kurzen Zeit bewerkstelligen konnten. Twerp konnte nicht dankbarer sein. Sie war einfach nur froh, sich endlich bewegen zu können. „Grüße!" Twerps Kamera schwenkte und fand Marlis. „Mein Gesichtserkennungsprogramm ist noch nicht abgeschlossen, aber ich glaube, du musst Marlis sein. Es ist interessant, dich sehen zu können."

„Oh, mein Gott. Das kann nicht sein." Marlis' Augen weiteten sich. „Twerp?"

Twerps Staubbehälter öffnete sich und enthüllte ein Tablett mit mehreren Gläsern, die mit rosa Flüssigkeit gefüllt waren. „Ich habe Erfrischungen mitgebracht."

Attie ließ Dougs Arm los und nahm ein Glas. „Oh, richtig. Ich habe vergessen, es dir zu sagen, Marlis. Twerp hat überlebt."

Marlis blinzelte. „In einem Kehrmaschinenroboter?"

„Es ist eine lange Geschichte", sagte Twerp. Die KI rollte ein paar Zentimeter nach vorn und hob ihren Staubbehälter mit den Gläsern, in denen nun die Flüssigkeit herumschwappte. „Ich glaube, es ist ein menschlicher Brauch, sich bei historischen Erzählungen mit Getränken zu verwöhnen. Emilryde versicherte mir, dass dies das gleiche Getränk ist, das in den besten Einrichtungen auf Enays serviert wird. Bitte kostet davon."

Marlis schüttelte ungläubig den Kopf und nahm ein Glas. „Ja, das ist eindeutig Twerp. Kommt nie sofort zum Punkt."

„Ellam Cua, Twerp!" Ein rothaariger Denaidaner kam barfuß auf die Gruppe zumarschiert. Er beugte sich vor und sah direkt in die Kamera der KI. „Du hast endlich Augen!"

„In der Tat." Twerp bebte und öffnete ihre Linse, als würde sie mit den Wimpern flattern. „Ich glaube, ich erkenne deine Stimme aus der Zeit, als du mir mit Marlis' Gewöhnung an die Naniten geholfen hast. Bist du Tovik?"

Tovik grinste und nickte. „So ist es. Schön, dich wiederzusehen, Twerp."

„Ich freue mich auch sehr, dich zu sehen. Hättest du gerne einen Drink?"

„Ja, das klingt großartig." Er griff nach einem Glas und nahm einen Schluck, während er sich hinhockte, um Twerps Fahrgestell genauer zu untersuchen. „Erlaube mir, dich anzuschauen. Ich habe noch nie einen Syndicorp-Bot aus nächster Nähe gesehen."

„Twerp hat die richtige Idee." Attie zog ihre Schwester zu mehreren Frachtcontainern, die die Cyborgs mit Essen beladen hatten. „Wir haben ein Festmahl zusammengestellt, um zu feiern."

Lisa grinste Doug an und packte dann Qaiyaans Arm, um ihn mitzuziehen. „Ich mag sie schon jetzt."

Es fühlte sich so gut an, Lisa wieder bei sich zu haben, und exponentiell besser, dass sie und Attie miteinander auskamen. Er hielt sich zurück und beobachtete, wie alle Platz nahmen und plauderten, als würden sie sich schon ewig kennen.

Rust setzte sich neben Marlis, entfernte eine Pulspistole aus seinem Stiefel und bot sie ihr mit dem Griff voran an. *Verdammt, dieser Cyborg.* Nur, dass Marlis auch eine Pistole zog, aus ihrem Gürtel, offensichtlich erfreut, über das Thema Waffen zu sprechen.

Noatak lehnte sich zu Doug. „Jetzt haben wir sie verloren. Wenn Marlis die Chance bekommt, redet sie die ganze Nacht über Waffen. Besteht die Möglichkeit, dass da drüben eine Flasche kantarellianischer Rum steht?"

Doug war überrascht zu erkennen, dass er wie

ein Idiot grinste. „Ich glaube, wir können ein oder zwei Flaschen auftreiben.“

Attie rief: „Doug, kommst du?“

Er ließ sich auf dem Platz neben ihr nieder. Attie streichelte liebevoll über seinen Hinterkopf, und als er sie ansah, ließ die Liebe in ihren Augen sein kybernetisches Herz schneller schlagen. Diese Frau hatte ihm alles gebracht, von dem er nie gedacht hätte, es zu verdienen. Alles, wonach er sich gesehnt hatte, obwohl er Angst gehabt hatte, diese Sehnsucht zuzugeben. Sie hatte ihm das Wichtigste im Universum gegeben. Ihre Liebe hatte ihn wieder menschlich gemacht, hatte ihn wieder ganz gemacht. Und er würde den Rest seines Lebens damit verbringen, zu beweisen, dass er es wert war.

EPILOG

Vater war in der Nähe. Rashana konnte seine Energie sogar während des tiefen Schlafes in ihrem Kryo-Pod wahrnehmen. *Der Kryo-Pod, in den ich nur gegangen bin, weil er mich ausgetrickst hat.*

Extreme empathische und biometrische Empfindlichkeit. Das war die Diagnose ihres Vaters. Im Alter von neun Jahren hatte sie zugegeben, Stimmen zu hören. Dann geriet sie in einen Streit mit ihrem Tutor, der sofort tot umgefallen war. Vater hatte gemeint, sein Tod sei ihre Schuld. Und dass er einen Weg finden würde, ihre Macht zu zügeln. Er wollte Nadeln und Schläuche verwenden und sperrte sie in ein Labor, um sie zu „reparieren".

Ihre Mutter wollte ihr alles beibringen, damit sie es nicht noch einmal tat.

Rashana wollte weinen, als sie an die herrliche blaue Haut und die schimmernden türkisfarbenen Adern ihrer Mutter dachte. Jahrelang war Mutter ihr einziger Blick auf die Außenwelt gewesen. Ihre Augen und Ohren, ihr Geruch und ihre Berührung. *Für immer fort.*

Und wieder beschuldigte Vater sie, sagte, Rashana sei ein ungezogenes Mädchen und ihre Macht sei zu stark. Aber Rashana fühlte sich nicht stark, nicht hier in der Dunkelheit, ihr Zorn nie so stark, um sich aus dieser endlosen Stase zu befreien.

Vater sagte, er liebe sie. Sie hörte das Flüstern seines Verstandes, wenn er in die Nähe des Kryo-Pods kam. Er sagte, er tue es zu ihrem eigenen Besten und dass er einen Weg finden würde, ihre Kräfte in Schach zu halten, um ihr ein normales Leben zu ermöglichen.

Rashana wollte kein normales Leben. Sie wollte ihn dafür bestrafen, dass er sie wütend machte. Dafür, dass er sie ausgetrickst hatte. Dafür, dass er ihr das Leben nicht zurückgegeben, sondern es ihr gestohlen hatte.

Wenn Rashana jemals hier rauskam, würde sie

sein Herz direkt in seinem Körper in Flammen aufgehen lassen.

Liebe Leserin, lieber Leser,

danke, dass Du Dougs und Atties Geschichte gelesen hast. Ich hoffe, Du fandest sie genauso aufregend wie ich! In Buch 5 geht es mit Mek weiter.

Aufgezogen in einem Labor. Experimente durchgeführt von ihrem eigenen Vater. Rashana ist eine gebrochene Frau. Doch dann trifft sie Mek und alles ändert sich ...

Blättere für eine Leseprobe zur nächsten Seite!

XOXO - Tamsin

BRÄUTE FÜR DIE ALIEN-PIRATEN, BUCH 5

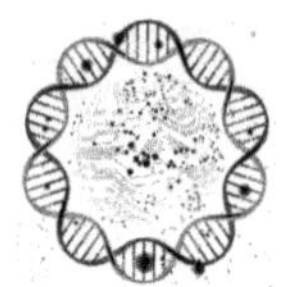

ek trat von der Rampe der Hardship in die höhlenartige Flaggschiffbucht. Werkzeuge und Vorräte lagen auf dem Deck verstreut, und ein paar verkohlte Stellen wiesen auf ein Kreuzfeuer hin. Die Icarus war für die Rebellion eine unglaubliche Trophäe. Mit der Cyborg-Crew, die sich jetzt ihrer Sache anschloss, könnten die Rebellen tatsächlich eine Chance gegen das korrupte Unternehmen haben.

Im Moment dachte Mek jedoch nicht an die Rebellion. Seine Aufmerksamkeit galt dem rätselhaften Inhalt eines Kryo-Pods aus Metall, der am anderen Ende der Bucht auf ihn wartete.

Tovik, der junge Mechaniker der Hardship, donnerte hinter Mek die Rampe herunter. Barfuß rannte er über das Metalldeck und direkt auf den Pod zu. Oder – was wahrscheinlicher war – zu der blonden Menschenfrau, die mit den Cyborgs angekommen war. Seit die Denaidaner Naniten entdeckt hatten, die es ihnen ermöglichten, menschliche Gefährtinnen zu nehmen, war Tovik auf das andere Geschlecht fixiert.

Um fair zu sein, waren das die meisten Denaidaner. Nach fünfzehn Jahren ohne die Fähigkeit, sich mit Gefährtinnen zu paaren, konnte er das niemandem verübeln. Mek hatte jedoch wenig Interesse daran, eine Frau für sich zu finden. Alle Gedanken, die er über Sex hatte, waren eher klinisch. Er musste dringend die menschliche Physiologie verstehen, um eine erfolgreiche Fortpflanzung zwischen ihren Arten zu garantieren. Bisher war keines der Paare erfolgreich schwanger geworden, und ohne Kinder war seine Art immer noch dazu bestimmt, auszusterben. Für die Liebe hatte er nun wirklich keine Zeit.

Er lief schneller und eilte auf die Wartenden zu. Attie Swan hatte sich bereits mit Doug, dem Cyborg-Kapitän der Icarus, verbunden, und Tovik hatte ein Händchen dafür, stets das Falsche zu sagen. Das Letzte, was die Rebellion brauchte, war es, dass Tovik ihre neuen Verbündeten beleidigte.

Zum Glück schien sich der Junge auf das leuchtende violette Bedienfeld des Pods zu konzentrieren. Seine Finger klopften ein schnelles Staccato gegen das Metallgehäuse der Kapsel, und Mek bekam noch das Ende seines Satzes mit: „ ... bis der Arzt einen Blick darauf wirft."

Ein rothaariger menschlicher Cyborg machte einen Schritt vorwärts, als Mek sich näherte, die Fäuste an seinen Seiten geballt. „Du bist der Doc, oder?", fragte er Mek. „Lass uns das Ding aufbrechen."

Tovik lehnte sich über den Pod, um zwischen dem Ding und dem Cyborg als Barriere zu agieren. „*Usviiqe*, nein!" Er schüttelte heftig den Kopf. „Als wir das letzte Mal einen Kryo-Pod gefunden haben, war eine Frau drin. Das Teil zu hastig zu öffnen, könnte demjenigen schaden, der da drin gefangen ist."

Attie nickte zustimmend und sah genervt zu dem Cyborg, der vorgeschlagen hatte, den Pod aufzubrechen. „Deshalb habe ich darauf bestanden, einen Arzt zur Hand zu haben, bevor wir etwas unternehmen, Rust."

Doug klopfte mit einer Polymerfingerspitze auf die Oberfläche des Pods. „Der Verriegelungsmechanismus des Deckels verwendet einen rotierenden Algorithmus, der selbst für meine Fähigkeiten unmöglich zu knacken ist." Sein grünes kybernetisches Auge blitzte auf. „Dollard hat große Anstrengungen unternommen, um diesen Pod zu sichern und die ... Person da drin zu halten."

„Dieses Arschloch wollte das Teil so sehr, dass er bereit gewesen wäre, dafür zu sterben", sagte der enayshuanische Cyborg mit seinen metallisch glänzenden Gesichtstattoos auf seiner dunklen Haut. „Er verlor beide Arme, als er versuchte, den Pod in das Shuttle zu bekommen."

„Ich hoffe, der Wichser hat lange leiden müssen und ist schließlich verblutet", murmelte Rust.

„Nun, es war klug, auf mich zu warten." Mek untersuchte den leuchtenden violetten Screen auf der dunklen Metalloberfläche des Pods. „Diese Benutzeroberfläche sieht kompliziert aus." Die biometrischen Daten waren so verwirrend wie die Kapsel selbst, mit einer Mischung aus Informationen, die für mehrere Arten relevant war. Doch der Pod war nicht besonders groß. Er fragte sich, wer in dem Pod steckte und fuhr mit den Fingerspitzen über den Deckel. Dieser Pod war keine Standardeinheit, und es gab nicht einmal ein Fenster, um den Insassen zu sehen. Wirklich eine Schande. Zu wissen, mit welcher Art von

Lebensform er es zu tun haben würde, könnte ihm helfen, sich vorzubereiten, falls beim Öffnen etwas schief ging.

Er richtete sich auf und sah zu der Stelle, an der die Hardship auf dem Deck der Shuttle-Bucht geparkt war, mit ihrer nicht übereinstimmenden Beschichtung und den Sensorarrays, die so einzigartig waren wie die Cyborgs mit ihren Implantaten. Er hatte einen anständigen Vorrat an medizinischer Grundversorgung an Bord, aber die Icarus war mit Sicherheit besser ausgestattet.

„Ich nehme an, ihr habt eine funktionierende Krankenstation?", fragte er. „Ich würde es vorziehen, den Pod dort zu öffnen, falls etwas schief geht."

„Wir wollten das Teil in Dollards Labor bringen, falls sich ein Cyborg darin befindet, aber einer der Hebebühnen der Kapsel funktioniert nicht", sagte Doug und zeigte auf das obere Ende.

„Und dieses verdammte Scheißding ist schwerer, als es aussieht." Rust ballte beide Hände. „Entweder das, oder meine Arme müssen neu kalibriert werden."

Tovik beugte sich vor, um die Transportclips an dem einen Ende des Pods zu untersuchen. „Das kann ich bestimmt reparieren."

Mek wusste, dass er den Jungen nicht zurückhalten konnte, wenn es um Mechanik ging, also seufzte er nur und nickte. „Na gut. Aber berühre nicht die Bedienelemente des Pods, Tovik. Nur der Mag-Lift."

„Versprochen", sagte Tovik abwesend, der sich bereits Zugang zu den Drähten des Pods verschafft hatte.

Doug ließ Attie zurück, sodass sie Tovik in ein paar Minuten den Weg weisen konnte. Indessen führte der Cyborg ihn zum Aufzug und durch mehrere Korridore in den Bauch des Flaggschiffs, bis sie das Labor erreichten. Die Untersuchungstische aus Edelstahl waren gegen die Wände geschoben worden, und etliche Schränke standen offen und enthüllten jede Art von medizinischer Ausrüstung, die man sich vorstellen konnte. Auch hier gab es Anzeichen für einen Kampf. Die Verkabelung für das Bedienfeld der Türen war zu sehen und er nahm an, dass der große Fleck auf dem Boden höchstwahrscheinlich Blut war. An drei Wänden befanden sich Gefängniszellen – ohne aktiviertes Kraftfeld.

„Das ist das Kybernetik-Labor", sagte Doug. „Es gibt auch ein Klonlabor, aber jemand hat die Inkubatoren vor der Evakuierung ausgeschaltet, und der Bereich stinkt. Wir haben auch eine Standardkrankenstation, wenn du das vorziehst.“

Mek begutachtete die Werkzeuge, die Instrumente und die Vorräte, die an den verschiedenen Labortischen verstreut lagen. Im Vergleich zu seiner winzigen Krankenstation an Bord der Hardship war dieses Labor der feuchte Traum eines jeden Arztes. Die Schränke hatten alles von Erste-Hilfe-Vorräten bis hin zu fortschrittlicheren Werkzeugen, von denen er annahm, dass sie für die Wartung und Reparatur kybernetischer Teile bestimmt waren. Er verzog das Gesicht, als er die dicken, baumelnden Gurte an einem Untersuchungstisch bemerkte. Es war offensichtlich, dass die Patienten in diesem Raum nicht willig gewesen waren.

„Hier sollte es gehen.“ Er begann, Ausrüstung zu sortieren, von der er dachte, dass er sie brauchen könnte, einschließlich einer Notfall-Methanentlüftung für den Fall, dass die Kapsel eine Spezies beherbergte, die keinen Sauerstoff atmen konnte. Er fragte sich, wie lange Tovik noch brauchen würde und warf einen Blick auf den nächstgelegenen Computermonitor. „Was dagegen, wenn ich mir die Forschung des Arztes ansehe, während wir warten? Ich bin mit Cyborg-

Technologie nicht allzu vertraut, und vielleicht kommen uns die Informationen zugute."

Doug nickte. „Mach nur. Wir haben bereits die meisten Firewalls gehackt."

Beim Hochfahren einer Computerkonsole überflog Mek mehrere Ordner. Er war sich nicht sicher, wo genau er anfangen sollte. Dollard war großspurig davon ausgegangen, dass sich das Flaggschiff erfolgreich selbst zerstören würde, sonst hätte er nie so viele Informationen zurückgelassen. Es gab Hunderte von Dateien, in denen biologische Studien, kybernetische Implantate und Naniten-Verbindungen detailliert beschrieben wurden. Die Aufregung schwoll in Meks Brust an. Informationen über die Naniten könnten bei seiner aktuellen Forschung helfen.

Die Tür öffnete sich und Tovik schob den Pod in den Raum. „Ich meinte ja, ich könnte es zum Laufen bringen", kündigte der junge Ingenieur an, bevor er innehielt und die Laborausrüstung bestaunte. Er griff nach einem Kabel, das von einem Gerät baumelte, das verdächtig auf Folter hinwies. „*Asirpaa!* Für was ist das?"

„Fass es nicht an, Junge", sagte Doug in einem rauen Ton.

Tovik errötete und ließ seine Hand fallen. „Ich war nur neugierig.“

Mek nahm ein Hardline-Kabel von seinem Computer und befestigte es am Interface des Pods, in der Hoffnung, dass automatisch die richtigen Dateien aufgerufen wurden. Ein Diagramm öffnete sich auf dem Bildschirm und er konnte nicht anders, als zu lächeln. *Endlich ein Glücksfall.* Er durchlief mehrere Datenpunkte, bevor er bei einer biometrischen Messung stoppte, die ionisch zu sein schien.

Er runzelte die Stirn. „Das sieht Denaidanisch aus.“

Tovik schaute ihm über die Schulter. „Einer von uns ist da drin? Wirklich?“

„Es gibt nur einen Weg, das herauszufinden.“ Mek atmete tief ein und leitete den Wachzyklus der Kapsel ein.

Der Pod gab eine Reihe von leisen Klicks ab, und mit einem Zischen öffnete sich der Deckel und entließ eine Nebelwolke.

„*Usviiqe!*“ Meks Zwillingsherzen schlugen schmerzhaft gegen seine Rippen. Ein normaler Kryo-Pod sollte Stunden brauchen, um sich auszugleichen und zu öffnen. Hatte er etwas falsch gemacht? Ein schnelles Erwachen konnte zu schweren kognitiven Schäden oder sogar zum Tod führen.

Er wedelte mit einer Hand, um den Nebel zu vertreiben, und blinzelte, da die Wolken nicht weniger wurden. Der Deckel hatte sich in die Basis zurückgezogen, und doch schaffte er es nicht, auf den Insassen einen Blick zu erhaschen. Er trat näher, beugte sich vor und ... sog scharf den Atem ein.

Gegen eine Rückenlehne ruhte weder ein Cyborg noch ein Denaidaner, sondern eine ... Denaidanerin. Eine atemberaubende, nackte Frau.

Schwarzes Haar mit glitzernden silbernen Akzenten umrahmte ein Gesicht mit hohen Wangenknochen und ergoss sich über die Schwellungen ihrer nackten Brüste, während der Nebel ihre untere Hälfte verdeckte. Er hatte noch nie jemanden seiner Art mit einer so viel helleren, perlmuttfarbenen Haut gesehen, aber sie könnte eine Form des Albinismus haben. Er sehnte sich danach, seine Hände über jeden Zentimeter von ihr zu fahren, um zu sehen, ob sie sich so seidenweich anfühlte, wie sie aussah. Er wollte ihre Brüste umfassen und ihre pralle Unterlippe kosten ...

Er schüttelte den Kopf und versuchte, seinen Verstand von diesen unberechenbaren Gedanken zu befreien. Es war ewig her, seit er diese Art von Reaktion auf eine Frau gezeigt hatte, nackt oder nicht.

Dann öffneten sich ihre goldenen Augen und er wurde in einen Strudel aus Emotionen gesaugt.

Hoffnungsvoller Arzt jetzt kaufen!

GLOSSAR

Akleng – ein Ausdruck der Sympathie oder des Bedauerns

Anaq – Scheiße!

Assirpaa! – Wie aufregend!

Attahat-Rad – eine Form des Glücksspiels ähnlich zu Roulette

Brennantrieb – Bauteil, mit dem Raumschiffe durch bestimmte Ionenfrequenzen schnell weite Strecken zurücklegen, indem sie den Raum krümmen; siehe auch Verbrennung und Brennsequenz.

Brennsequenz – Ein bestimmtes Wellenmuster von Ionen, das erreicht werden muss, um die Verbrennung einzuleiten bzw. bis zum Zielpunkt aufrechtzuerhalten.

Carayak – Ein männlicher Denaidaner mit einer genetischen Störung, die dazu führt, dass seine ionische Paarungsfrequenz selbst für seine eigene Art tödlich ist. Umgangssprachlich auch als *Monster* bezeichnet.

Kartell – Organisierter Verbrecherring, der einen Großteil der Galaxie kontrolliert.

Cirripi-Gras – mildes Rauschmittel zum Rauchen

Cochlea-Implantat – Ein kybernetisches Gerät, das die Kommunikation über Vibrationen direkt auf die Ohrknochen überträgt.

Cyborg – Ein Mensch, bei dem über 50 % des Körpers durch kybernetische Teile ersetzt wurde. Obwohl viele Menschen kybernetische Verbesserungen haben, wird tatsächlichen Cyborgs das Recht auf die Staatsbürgerschaft Syndicorps verweigert.

Darknet – Ein Ort, an dem das Kartell und andere Schwarzmarkthändler Informationen austauschen.

Denaida-daru – Die Heimatwelt der Denaidaner, die von Syndicorp zerstört wurde. Auch Planet K-4H10 genannt.

Ellam Cua – die denaidanische Gottheit

Enays – Ein Sexplanet, der von Enayshuanern geführt wird.

Enayshuan – Eine menschenähnliche Spezies mit auffälligen Augenwülsten, die für ihr metallisches Körperpulver bekannt ist. Wird oft mit dem Sexhandel in Verbindung gebracht.

Finofan – Aliens mit leguanartigen Schuppenkämmen um die Ohren und schlitzförmige Augen. Sie mögen eine heiße und feuchte Atmosphäre.

Garan'uk – eine methanatmende Alien-Spezies

Iluq – Bruder

Ionenkraft, -macht oder -schild – Die Fähigkeit eines männlichen Denaidaners, Materie und Schwerkraft zu beeinflussen.

Kemeg – Eine Art Herdentier, das wegen seines Fleisches gezüchtet wird.

Kwirn - eine Form des Glücksspiels mit 3D-Tischen und -Steinen

Naniten – Selbstreplizierende, mikroskopisch kleine Maschinen, die entwickelt wurden, um Veränderungen auf molekularer Ebene herbeizuführen.

Naujiar – Eine Art Pflanze, die das Lieblingsessen eines Netorpoks darstellt.

Nav-Grav-Sitz – Wird verwendet, um humanoiden Lebewesen während der Verbrennung von Schiffen einen gewissen Komfort zu gewährleisten.

Netorpok – Ein exotisches Haustier, das auf den meisten Planeten verboten ist.

NIU (Nanite Integration Unit) – ein heimliches Syndicorp-Labor mit Cyborg-Testpersonen

Ongaru Flip – ein beliebtes Kartenspiel

Parsec – eine Entfernungsmessung (3,2 Lichtjahre)

Pirelux-Seide – ein feiner Stoff

Polycom – Die häufigste Form der persönlichen Kommunikation und Informationsspeicherung, ähnlich wie das heutige Smartphone.

Posungi – ein eierlegendes Alien mit orangefarbenem Tentakelgesicht

Qumli – Milchgesicht

Rakwiji – schuppige Aliens mit einer giftigen Klaue. Sie jagen paarweise und foltern während ihres Paarungsrituals. Oft vom Kartell als Kopfgeldjäger angeheuert.

Saluqan – eine Spezies mit einem intuitiven Talent für medizinische Fähigkeiten. Sie haben blaue bis violette Haut und manchmal schillernde Venen, die sich durch die Haut zeigen.

Sizantha-Schoten – Wird zur Herstellung von Tee verwendet.

Syndicorp – Ein Mega-Unternehmen, das einen großen Teil der Galaxie kontrolliert.

Synth-Haut – Künstlich gewachsenes biologisches Polymer, das die tatsächliche Haut nachahmt. Kommt vor allem über kybernetischen Körperteilen zur Anwendung.

Terpak – Arschloch

Die Termination – die Zerstörung von Denaidadaru durch Syndicorp

Tunrak – Teufel, oft liebevoll verwendet

Usviiqe – Verdammt!

Nicht klassifizierter Raum – Bereiche der Galaxie, die nicht von Syndicorp beherrscht werden.

Verbrennung – bezeichnet den Prozess, wenn die Brennsequenz eingeleitet wird und das Raumschiff zu einem entfernten Punkt im Universum reist; siehe auch Brennantrieb und Brennsequenz.

Xeimir-Wurm – Ein Alien mit glänzender Haut, das durch die Haut atmet und extrem lichtempfindlich ist.

Yanipa-nimayu – Ein sechsbeiniger Außerirdischer, der oft manuelle Arbeit verrichtet.

Vor langer, langer Zeit habe ich es mir in den Kopf gesetzt, biomedizinische Technikerin zu werden. Das Aufschneiden von Laborratten führt allerdings selten zu einem glücklichen Ende, wie man es aus Büchern kennt. Jetzt vermische ich meine Begeisterung für die Wissenschaft mit charakterorientierter Romance und einem garantierten Happy End. Meine Monster finden immer ihre Gefährten, in Geschichten mit temperamentvollen Protagonistinnen, gequälten Helden und einer guten Portion Erotik. Ich verspreche Dir, meine Geschichten werden Dich nicht hängen lassen. (Obwohl es natürlich passieren kann, dass Du danach noch mehr willst!)

Wenn ich nicht schreibe, dann findest Du mich im Garten oder in der Küche, auf Erkundung durch Alaska mit meinem Ehemann oder bei der Vorbereitung auf eine Zombie-Apokalypse. Ich liebe Wein und Apple Cider. Und auch wenn ich nur ein bescheidenes Talent dafür besitze, genieße ich es, zu häkeln.

<u>Gefährten für Monster</u>

<u>Alphas in Alaska</u>

<u>Versteigert an die Aliens</u>

<u>Bräute für die Alien-Piraten</u>